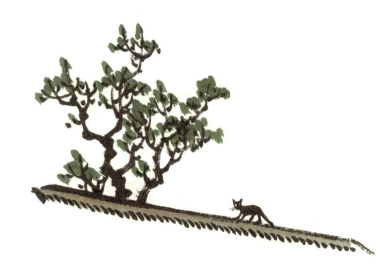

最是
人间烟火
抚人心

老舍散文精选集

老舍 著

华中科技大学出版社

中国·武汉

图书在版编目(CIP)数据

最是人间烟火抚人心：老舍散文精选集 / 老舍著 . —武汉：华中科技大学出版社，2021.10（2025.3重印）

ISBN 978-7-5680-7496-4

Ⅰ.①最… Ⅱ.①老… Ⅲ.①散文集—中国—现代 Ⅳ.①I266

中国版本图书馆CIP数据核字（2021）第172091号

最是人间烟火抚人心：老舍散文精选集　　　　　　老 舍 著
Zui Shi Renjian Yanhuo Fu Renxin: Laoshe Sanwen Jingxuan Ji

策划编辑：	娄志敏
责任编辑：	陈心玉
责任校对：	刘　竣
封面设计：	三形三色
责任监印：	朱　玢

出版发行：华中科技大学出版社（中国·武汉）　　电话：（027）81321913
　　　　　武汉市东湖新技术开发区华工科技园　　邮编：430223
印　　刷：湖北新华印务有限公司
开　　本：880mm×1230mm　　1/32
印　　张：8
字　　数：152千字
版　　次：2025年3月第1版第4次印刷
定　　价：42.00元

本书若有印装质量问题，请向出版社营销中心调换
全国免费服务热线：400-6679-118　　竭诚为您服务
版权所有　侵权必究

怜比爱少着些味道,可是更多着些人情。情暖得要发燥了,可是有点凉风,正像诗一样的温柔。

你须把细心放在大胆里,去且战且走。你须把受委屈当作生活,而从委屈中咂摸出一点甜味来,好使你还肯活下去。

回忆往事时,也不知怎么就觉得分外甜美。

人人有可笑之处,他自己也非例外,再往大处一想,人寿百年,而企图无限,根本矛盾可笑。

有人说我很幽默，不敢当。我不懂什么是幽默。假如一定问我，我只能说我觉得自己可笑，别人也可笑；我不比别人高，别人也不比我高。谁都有缺欠，谁都有可笑的地方。

平凡的人们,偏爱在这些平凡的事中找些诗意。

代序

又是一年芳草绿

悲观有一样好处，它能叫人把事情都看轻了一些。这个可也就是我的坏处，它不起劲，不积极。您看我挺爱笑不是？因为我悲观。悲观，所以我不能扳起面孔，大喊："孤——刘备！"我不能这样。一想到这样，我就要把自己笑毛咕了。看着别人吹胡子瞪眼睛，我从脊梁沟上发麻，非笑不可。我笑别人，因为我看不起自己。别人笑我，我觉得应该；说得天好，我不过是脸上平润一点的猴子。我笑别人，往往招人不愿意；不是别人的量小，而是不像我这样稀松，这样悲观。

我打不起精神去积极的干，这是我的大毛病。可是我不懒，凡是我该做的我总想把它做了，总算得点报酬养活自己与家里的

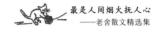

人——往好了说,尽我的本分。我的悲观还没到想自杀的程度,不能不找点事做。有朝一日非死不可呢,那只好死喽,我有什么法儿呢?

这样,你瞧,我是无大志的人。我不想当皇上。最乐观的人才敢做皇上,我没这份胆气。

有人说我很幽默,不敢当。我不懂什么是幽默。假如一定问我,我只能说我觉得自己可笑,别人也可笑;我不比别人高,别人也不比我高。谁都有缺欠,谁都有可笑的地方。我跟谁都说得来,可是他得愿意跟我说;他一定说他是圣人,叫我三跪九叩报门而进,我没这个瘾。我不教训别人,也不听别人的教训。幽默,据我这么想,不是嬉皮笑脸,死不要鼻子。

也不是怎股子劲儿,我成了个写家。我的朋友德成粮店的写账先生也是写家,我跟他同等,并且管他叫二哥。既是个写家,当然得写了。"风格即人"——还是"风格即驴"?——我是怎个人自然写怎样的文章了。于是有人管我叫幽默的写家。我不以这为荣,也不以这为辱。我写我的。卖得出去呢,多得个三块五块的,买什么吃不香呢。卖不出去呢,拉倒,我早知道指着写文章吃饭是不易的事。

稿子寄出去,有时候是肉包子打狗,一去不回头;连个回信也没有。这,咱只好幽默;多咱见着那个骗子再说,见着他,大概我们俩总有一个笑着去见阎王的,不过,这是不很多见的,要不怎么我还没想自杀呢。常见的事是这个，稿子登出去，酬金就睡着了，睡得还是挺香甜。直到我也睡着了，它忽然来了，仿佛故意吓人玩。数目也惊人，它能使我觉得自己不过值一毛五一斤，比猪肉还便宜呢。这个咱也不说什么，国难期间，大家都得受点苦，人家开铺子的也不容易，掌柜的吃肉，给咱点汤喝，就得念佛。是的，我是不能当皇上，焚书坑掌柜的，咱没那个狠心，你看这个劲儿！不过，有人想坑他们呢，我也不便拦着。

这么一来，可就有许多人看不起我。连好朋友都说："伙计，你也硬正着点，说你是为人类而写作，说你是中国的高尔基；你太泄气了！"真的，我是泄气，我看高尔基的胡子可笑。他老人家那股子自卖自夸的劲儿，打死我也学不来。人类要等着我写文章才变体面了，那恐怕太晚了吧？我老觉得文学是有用的；拉长了说，它比任何东西都有用，都高明。可是往眼前说，它不如一尊高射炮，或一锅饭有用。我不能吆喝我的作品是"人类改造丸"，我也不相信把文学杀死便天下太平。我写就是了。

别人的批评呢？批评是有益处的。我爱批评，它多少给我点益处；即使完全不对，不是还让我笑一笑吗？自己写的时候仿佛是蒸馒头呢，热气腾腾，莫名其妙。及至冷眼人一看，一定看出许多错儿来。我感谢这种指摘。说的不对呢，那是他的错儿，不干我的事。我永不驳辩，这似乎是胆儿小；可是也许是我的宽宏

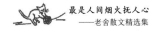

大量。我不便往自己脸上贴金。一件事总得由两面瞧,是不是?

对于我自己的作品,我不拿她们当作宝贝。是呀,当写作的时候,我是卖了力气,我想往好了写。可是一个人的天才与经验是有限的,谁也不敢保了老写得好,连荷马也有打盹的时候。有的人呢,每一拿笔便想到自己是但丁,是莎士比亚。这没有什么不可以的,天才须有自信的心。我可不敢这样,我的悲观使我看轻自己。我常想客观地估量估量自己的才力;这不易做到,我究竟不能像别人看我看得那样清楚;好吧,既不能十分看清楚了自己,也就不用装蒜,谦虚是必要的,可是装蒜也大可以不必。

对做人,我也是这样。我不希望自己是个完人,也不故意地招人家的骂。该求朋友的呢,就求;该给朋友做的呢,就做。做的好不好,咱们大家凭良心。所以我很和气,见着谁都能扯一套。可是,初次见面的人,我可是不大爱说话;特别是见着女人,我简直张不开口,我怕说错了话。在家里,我倒不十分怕太太,可是对别的女人老觉着恐慌,我不大明白妇女的心理;要是信口开河地说,我不定说出什么来呢,而妇女又爱挑眼。男人也有许多爱挑眼的,所以初次见面,我不大愿开口。我最不喜辩论,因为红着脖子粗着筋的太不幽默。我最不喜欢好吹腾的人,可并不拒绝与这样的人谈话;我不爱这样的人,但喜欢听他的吹。最好是听着他吹,吹着吹着连他自己也忘了吹到什么地方去,那才有趣。

可喜的是有好几位生朋友都这么说:"没见着阁下的时候,总以为阁下有八十多岁了。敢情阁下并不老。"是的,虽然将奔四十的人,我倒还不老。因为对事轻淡,我心中不大藏着计划,作事也无须耍手段,所以我能笑,爱笑;天真的笑多少显着年轻一些。我悲观,但是不愿老声老气的悲观,那近乎"虎事"。我愿意老年轻轻的,死的时候像朵春花将残似的那样哀而不伤。我就怕什么"权威"咧,"大家"咧,"大师"咧,等等老气横秋的字眼们。我爱小孩,花草,小猫,小狗,小鱼;这些都不"虎事"。偶尔看见个穿小马褂的"小大人",我能难受半天,特别是那种所谓聪明的孩子,让我难过。比如说,一群小孩都在那儿看变戏法儿,我也在那儿,单会有那么一两个七八岁的小老头说:"这都是假的!"这叫我立刻走开,心里堵上一大块。世界确是更"文明"了,小孩也懂事懂得早了,可是我还愿意大家傻一点,特别是小孩。假若小猫刚生下来就会捕鼠,我就不再养猫,虽然它也许是个神猫。

我不大爱说自己,这多少近乎"吹"。人是不容易看清楚自己的。不过,刚过完了年,心中还慌着,叫我写"人生于世",实在写不出,所以就近的拿自己当材料。万一将来我不得已而作了皇上呢,这篇东西也许成为史料,等着瞧吧。

载于一九三五年三月六日《益世报》

目录

第一章 栽花逗鸟，养猫听戏

有喜有忧，有笑有泪，有花有果，有香有色，既须劳动，又长见识，这就是养花的乐趣。

002 ······ 猫

006 ······ 小麻雀

010 ······ 养花

013 ······ 小动物们

020 ······ 小动物们（鸽）续

028 ······ 母鸡

030 ······ 英国人与猫狗

037 ······ 吃莲花的

039 ······ 在乡下

041 ······ 济南的药集

045 ······ 乍看舞剑忙提笔

第二章　幸得诸君慰此生

人是为明天活着的，
因为记忆中有朝阳晓露。

048 …… 宗月大师

053 …… 我的母亲

060 …… 父亲

066 …… 原文名称叫：无题（因为没有故事）

069 …… 自述

077 …… 怀友

080 …… 英国人

086 …… 四位先生

093 …… 自传难写

第三章　人间山河踏遍

多少春光轻易去?
无言花鸟夜如秋。

098 …… 想北平

102 …… 济南的冬天

105 …… 济南的秋天

108 …… 大明湖之春

112 …… 齐大的校园

118 …… 非正式的公园

121 …… 趵突泉的欣赏

124 …… 春风

127 …… 五月的青岛

130 …… 春来忆广州

133 …… 可爱的成都

第四章　一辈子只为干文艺

> 文艺决不是我的浮桥，
> 而是我的生命。

138 …… 读书

143 …… 写字

147 …… 梦想的文艺

149 …… 文牛

154 …… 谈幽默

162 …… 神的游戏

166 …… 文艺副产品——孩子们的事情

173 …… 怎样读小说

177 …… 文艺与木匠

181 …… 谈写作

第五章　人间烟火，最抚人心

生活是种律动，须有光有影，有左有右，有晴有雨；
滋味就含在这变而不猛的曲折里。

188 …… 北京的春节

194 …… 落花生

197 …… 西红柿

199 …… 兔儿爷

202 …… "住"的梦

206 …… 有钱最好

210 …… 婆婆话

217 …… 忙

220 …… 买彩票

223 …… 抬头见喜

227 …… 我的理想家庭

231 …… 有了小孩以后

第一章
栽花逗鸟,养猫听戏

有喜有忧,有笑有泪,有花有果,有香有色,既须劳动,又长见识,这就是养花的乐趣。

猫

猫的性格实在有些古怪。说它老实吧，它的确有时候很乖。它会找个暖和地方，成天睡大觉，无忧无虑，什么事也不过问。可是，赶到它决定要出去玩玩，就会走出一天一夜，任凭谁怎么呼唤，它也不肯回来。说它贪玩吧，的确是呀，要不怎么会一天一夜不回家呢？可是，及至它听到点老鼠的响动啊，它又多么尽职，闭息凝视，一连就是几个钟头，非把老鼠等出来不拉倒！

它要是高兴，能比谁都温柔可亲：用身子蹭你的腿，把脖儿伸出来要求给抓痒，或是在你写稿子的时候，跳上桌来，在纸上踩印几朵小梅花。它还会丰富多腔地叫唤，长短不同，粗细各异，变化多端，力避单调。在不叫的时候，它还会咕噜咕噜地给自己解闷。这可都凭它的高兴。它若是不高兴啊，无论谁说多少好话，它一声也不出，连半个小梅花也不肯印在稿纸上！它倔强得很！

第一章
栽花逗鸟，养猫听戏

是，猫的确是倔强。看吧，大马戏团里什么狮子、老虎、大象、狗熊，甚至于笨驴，都能表演一些玩意儿，可是谁见过耍猫呢？（昨天才听说：苏联的某马戏团里确有耍猫的，我当然还没亲眼见过。）

这种小动物确是古怪。不管你多么善待它，它也不肯跟着你上街去逛逛。它什么都怕，总想藏起来。可是它又那么勇猛，不要说见着小虫和老鼠，就是遇上蛇也敢斗一斗。它的嘴往往被蜂儿或蝎子螫的肿起来。

赶到猫儿们一讲起恋爱来，那就闹得一条街的人们都不能安睡。它们的叫声是那么尖锐刺耳，使人觉得世界上若是没有猫啊，一定会更平静一些。

可是，及至女猫生下两三个棉花团似的小猫啊，你又不恨它了。它是那么尽责地看护儿女，连上房兜兜风也不肯去了。

郎猫可不那么负责，它丝毫不关心儿女。它或睡大觉，或上屋去乱叫，有机会就和邻居们打一架，身上的毛儿滚成了毡，满脸横七竖八都是伤痕，看起来实在不大体面。好在它没有照镜子的习惯，依然昂首阔步，大喊大叫，它匆忙地吃两口东西，就又去挑战开打。有时候，它两天两夜不回家，可是当你以为它可能已经远走高飞了，它却瘸着腿大败而归，直入厨房要东西吃。

过了满月的小猫们真是可爱，腿脚还不甚稳，可是已经学会

淘气。妈妈的尾巴,一根鸡毛,都是它们的好玩具,耍上没结没完。一玩起来,它们不知要摔多少跟头,但是跌倒即马上起来,再跑再跌。它们的头撞在门上、桌腿上,和彼此的头上。撞疼了也不哭。

它们的胆子越来越大,逐渐开辟新的游戏场所。它们到院子里来了。院中的花草可遭了殃。它们在花盆里摔跤,抱着花枝打秋千,所过之处,枝折花落。你不肯责打它们,它们是那么生气勃勃,天真可爱呀。可是,你也爱花。这个矛盾就不易处理。

现在,还有新的问题呢:老鼠已差不多都被消灭了,猫还有什么用处呢?而且,猫既吃不着老鼠,就会想办法去偷捉鸡雏或小鸭什么的开开斋。这难道不是问题么?

在我的朋友里颇有些位爱猫的。不知他们注意到这些问题没有?记得二十年前在重庆住着的时候,那里的猫很珍贵,须花钱去买。在当时,那里的老鼠是那么猖狂,小猫反倒须放在笼子里养着,以免被老鼠吃掉。据说,目前在重庆已很不容易见到老鼠。那么,那里的猫呢?是不是已经不放在笼子里,还是根本不养猫了呢?这须打听一下,以备参考。

也记得三十年前,在一艘法国轮船上,我吃过一次猫肉。事前,我并不知道那是什么肉,因为不识法文,看不懂菜单。猫肉并不难吃,虽不甚香美,可也没什么怪味道。是不是该把猫都送往法国轮船上去呢?我很难作出决定。

　　猫的地位的确降低了,而且发生了些小问题。可是,我并不为猫的命运多耽什么心思。想想看吧,要不是灭鼠运动得到了很大的成功,消除了巨害,猫的威风怎会减少了呢?两相比较,灭鼠比爱猫更重要的多,不是吗?我想,世界上总会有那么一天,一切都机械化了,不是连驴马也会有点问题吗?可是,谁能因耽忧驴马没有事作而放弃了机械化呢?

　　　　　　　　　　　　原载一九五九年八月《新观察》第十六期

小麻雀

雨后，院里来了个麻雀，刚长全了羽毛。它在院里跳，有时飞一下，不过是由地上飞到花盆沿上，或由花盆上飞下来。看它这么飞了两三次，我看出来：它并不会飞得再高一些，它的左翅的几根长翎拧在一处，有一根特别的长，似乎要脱落下来。我试着往前凑，它跳一跳，可是又停住，看着我，小黑豆眼带出点要亲近我又不完全信任的神气。我想到了：这是个熟鸟，也许是自幼便养在笼中的。所以它不十分怕人。可是它的左翅也许是被养着它的或别个孩子给扯坏，所以它爱人，又不完全信任。想到这个，我忽然的很难过。一个飞禽失去翅膀是多么可怜。这个小鸟离了人恐怕不会活，可是人又那么狠心，伤了它的翎羽。它被人毁坏了，而还想依靠人，多么可怜！它的眼带出进退为难的神情，虽然只是那么个小而不美的小鸟，它的举动与表情可露出极大的委屈与为难。它是要保全它那点生命，而不晓得如何是好。对它自己与人都没有信心，而又愿找到些倚靠。它跳一跳，停一停，看着我，又不敢过来。我想拿几个饭粒诱它前来，又不敢离开，我怕小猫来扑它。可是小猫并没在院里，我很快的跑进厨房，抓来了几个饭粒。及至我回来，小鸟已不见了。我向外院跑去，小猫在影壁前的花盆旁蹲着呢。我忙去驱逐它，它只一扑，把小鸟擒住！被人养惯的小麻雀，连挣扎都不会，尾与爪在猫嘴旁搭拉着，和死去差不多。

瞧着小鸟，猫一头跑进厨房，又一头跑到西屋。我不敢紧追，怕它更咬紧了，可又不能不追。虽然看不见小鸟的头部，我还没忘了那个眼神。那个预知生命危险的眼神。那个眼神与我的好心中间隔着一只小白猫。来回跑了几次，我不追了。追上也没用了，我想，小鸟至少已半死了。猫又进了厨房，我愣了一会儿，赶紧的又追了去；那两个黑豆眼仿佛在我心内睁着呢。

进了厨房，猫在一条铁筒——冬天升火通烟用的，春天拆下来便放在厨房的墙角——旁蹲着呢。小鸟已不见了。铁筒的下端未完全扣在地上，开着一个不小的缝儿，小猫用脚往里探。我的希望回来了，小鸟没死。小猫本来才四个来月大，还没捉住过老鼠，或者还不会杀生，只是叼着小鸟玩一玩。正在这么想，小鸟，忽然出来了，猫倒像吓了一跳，往后躲了躲。小鸟的样子，我一眼便看清了，登时使我要闭上了眼。小鸟几乎是蹲着，胸离地很近，像人害肚痛蹲在地上那样。它身上并没血。身子可似乎是蜷在一块，非常的短。头低着，小嘴指着地。那两个黑眼珠！非常的黑，非常的大，不看什么，就那么顶黑顶大的愣着。它只有那么一点活气，都在眼里，像是等着猫再扑它，它没力量反抗或逃避；又像是等着猫赦免了它，或是来个救星。生与死都在这俩眼里，而并不是清醒的。它是糊涂了，昏迷了；不然为什么由铁筒中出来呢？可是，虽然昏迷，到底有那么一点说不清的，生命根源的，希望。这个希望使它注视着地上，等着，等着生或死。它怕得非常的忠诚，完全把自己交给了一线的希望，一点也不动。像要把生命从两眼中流出，它不叫也不动。

小猫没再扑它，只试着用小脚碰它。它随着击碰倾侧，头不动，眼不动，还呆呆的注视着地上。但求它能活着，它就决不反抗。可是并非全无勇气，它是在猫的面前不动！我轻轻的过去，把猫抓住。将猫放在门外，小鸟还没动。我双手把它捧起来。它确是没受了多大的伤，虽然胸上落了点毛。它看了我一眼！

我没主意：把它放了吧，它准是死！养着它吧，家中没有笼子。我捧着它好像世上一切生命都在我的掌中似的，我不知怎样好。小鸟不动,蜷着身,两眼还那么黑,等着!愣了好久,我把它捧到卧室里,放在桌子上,看着它,它又愣了半天,忽然头向左右歪了歪,用它的黑眼瞟了一下;又不动了,可是身子长出来一些,还低头看着,似乎明白了点什么。

载一九三四年十月《文学评论》第一卷第二期

养花

我爱花,所以也爱养花。我可还没成为养花专家,因为没有工夫去作研究与试验。我只把养花当作生活中的一种乐趣,花开得大小好坏都不计较,只要开花,我就高兴。在我的小院中,到夏天,满是花草,小猫儿们只好上房去玩耍,地上没有它们的运动场。

花虽多,但无奇花异草。珍贵的花草不易养活,看着一棵好花生病欲死是件难过的事。我不愿时时落泪。北京的气候,对养花来说,不算很好。冬天冷,春天多风,夏天不是干旱就是大雨倾盆;秋天最好,可是忽然会闹霜冻。在这种气候里,想把南方的好花养活,我还没有那么大的本事。因此,我只养些好种易活、自己会奋斗的花草。

不过,尽管花草自己会奋斗,我若置之不理,任其自生自灭,它们多数还是会死了的。我得天天照管它们,像好朋友似

第一章
栽花逗鸟，养猫听戏

的关切它们。一来二去，我摸着一些门道：有的喜阴，就别放在太阳地里，有的喜干，就别多浇水。这是个乐趣，摸住门道，花草养活了，而且三年五载老活着、开花，多么有意思呀！不是乱吹，这就是知识呀！多得些知识，一定不是坏事。

我不是有腿病吗，不但不利于行，也不利于久坐。我不知道花草们受我的照顾，感谢我不感谢；我可得感谢它们。在我工作的时候，我总是写了几十个字，就到院中去看看，浇浇这棵，搬搬那盆，然后回到屋中再写一点，然后再出去，如此循环，把脑力劳动与体力劳动结合到一起，有益身心，胜于吃药。要是赶上狂风暴雨或天气突变哪，就得全家动员，抢救花草，十分紧张。几百盆花，都要很快地抢到屋里去，使人腰酸腿疼，热汗直流。第二天，天气好转，又得把花儿都搬出去，就又一次腰酸腿疼，热汗直流。可是，这多么有意思呀！不劳动，连棵花儿也养不活，这难道不是真理么？

送牛奶的同志，进门就夸"好香"！这使我们全家都感到骄傲。赶到昙花开放的时候，约几位朋友来看看，更有秉烛夜游的神气——昙花总在夜里放蕊。花儿分根了，一棵分为数棵，就赠给朋友们一些；看着友人拿走自己的劳动果实，心里自然特别喜欢。

当然，也有伤心的时候，今年夏天就有这么一回。三百株

菊秧还在地上（没到移入盆中的时候），下了暴雨。邻家的墙倒了下来，菊秧被砸死者约三十多种，一百多棵！全家都几天没有笑容！

有喜有忧，有笑有泪，有花有实，有香有色，既须劳动，又长见识，这就是养花的乐趣。

载一九五六年十二月《文艺报》

小动物们

鸟兽们自由的生活着,未必比被人豢养着更快乐。据调查鸟类生活的专门家说,鸟啼绝不是为使人爱听,更不是以歌唱自娱,而是占据猎取食物的地盘的示威;鸟类的生活是非常的艰苦。兽类的互相残食是更显然的。这样,看见笼中的鸟,或柙中的虎,而替它们伤心,实在可以不必。可是,也似乎不必替它们高兴;被人养着,也未尽舒服。生命仿佛是老在魔鬼与荒海的夹缝儿,怎样也不好。

我很爱小动物们。我的"爱"只是我自己觉得如此;到底对被爱的有什么好处,不敢说。它们是这样受我的恩养好呢,还是自由的活着好呢?也不敢说。把养小动物们看成一种事实,我才敢说些关于它们的话。下面的述说,那么,只是为述说而述说。

先说鸽子。我的幼时,家中很贫。说出"贫"来,为是声明我并养不起鸽子;鸽子是种费钱的活玩意儿。可是,我的两位

最是人间烟火抚人心
——老舍散文精选集

　　姐丈都喜欢玩鸽子，所以我知道其中的一点儿故典。我没事儿就到两家去看鸽，也不短随着姐丈们到鸽市去玩；他们都比我大着二十多岁。我的经验既是这样来的，而且是幼时的事，恐怕说得不能很完到了；有好多鸽子名已想不起来了。

　　鸽的名样很多。以颜色说，大概应以灰、白、黑、紫为基本色儿。可是全灰全白全黑全紫的并不值钱。全灰的是楼鸽，院中撒些米就会来一群；物是以缺者为贵，楼鸽太普罗。有一种比楼鸽小，灰色也浅一些的，才是真正的"灰"；但也并不很贵重。全白的，大概就叫"白"吧，我记不清了。全黑的叫黑儿，全紫的叫紫箭，也叫猪血。

　　猪血们因为羽色单调，所以不值钱，这就容易想到值钱的必是杂色的。杂色的种类多极了，就我所知道的——并且为清楚起见——可以分作下列的四大类：点子、乌、环、玉翅。点子是白身腔，只在头上有手指肚大的一块黑，或紫；尾是随着头上那个点儿，黑或紫。这叫作黑点子和紫点子。乌与点子相近，不过是头上的黑或紫延长到肩与胸部。这叫黑乌或紫乌。这种又有黑翅的或紫翅的，名铁翅乌或铜翅乌——这比单是乌又贵重一些。还有一种，只有黑头或紫头，而尾是白的，叫作黑乌头或紫乌头；比乌的价钱要贱一些。刚才说过了，乌的头部的黑或紫毛是后齐肩，前及胸的。假若黑或紫毛只是由头顶到肩部，而前面仍是白的，这便叫作老虎帽，因为很像廿年前通行的风帽；这种确是非常的好看，因而价钱也就很高。在民国初年，兴了一阵子蓝乌和蓝乌头，头尾如乌，而是灰蓝色儿的。这种并不好看，出了一阵子锋头也就拉倒了。

环，简单的很：全白而项上有一黑圈者叫墨环；反之，全黑而项上有白圈者是玕环。此外有紫环，全白而项上有一紫环。"环"这种鸽似乎永远不大高贵。大概可以这么说，白尾的鸽是不易与黑尾或紫尾的相抗，因为白尾的飞起来不大美。

玉翅是白翅边的。全灰而有两白翅是灰玉翅；还有黑玉翅、紫玉翅。所谓白翅，有个讲究：翅上的白翎是左七右八。能够这样，飞起来才正好，白边儿不过宽，也不过窄。能生成就这样的，自然很少，所以鸽贩常常作假，硬插上一两根，或拔去些，是常有的事。这类中又有变种：玉翅而有白尾的，比如一只黑鸽而有左七右八的白翅翎，同时又是白尾，便叫作三块玉。灰的、紫的，也能这样。要是连头也是白的呢便叫作四块玉了。四块玉是较比有些价值的。

在这四大类之外，还有许多杂色的鸽。如鹤袖，如麻背，都有些价值，可不怎么十分名贵。在北平，差不多是以上述的四大类为主。新种随时有，也能时兴一阵，可都不如这四类重要与长远。

就这四大类说,紫的老比别的颜色高贵。紫色儿不容易长到好处,太深了就遭猪血之诮,太浅了又黄不唧的寒酸。况且还容易长"花了"呢,特别是在尾巴上,翎的末端往往露出白来,像一块癣似的,把个尾巴就毁了。

紫以下便是黑,其次为灰。可是灰色如只是一点,如灰头、灰环,便又可贵了。

这些鸽中,以点子和乌为"古典的"。它们的价值似乎永远不变,虽然普通,可是老是鸽群之主。这么说吧,飞起四十只鸽,其中有过半的点子和乌,而杂以别种,便好看。反之,则不好看。要是这四十只都是点子,或都是乌,或点子与乌,便能有顶好的阵容。你几乎不能飞四十只环或玉翅。想想看吧:点子是全身雪白,而有个黑或紫的尾,飞起来像一群玲珑的白鸥;及至一翻身呢,那黑或紫的尾给这轻洁的白衣一个色彩深厚的裙儿,既轻妙而又厚重。假若是太阳在西边,而东方有些黑云,那就太美了:白翅在黑云下自然分外的白了;一斜身儿呢,黑尾或紫尾——最好是紫尾——迎着阳光闪起一些金光来!点子如是,乌也如是。白尾巴的,无论长得多么体面,飞起来没这种美妙,要不怎么不大值钱呢。铁翅乌或铜翅乌飞起来特别的好看,像一朵花,当中一块白,前后左右都镶着黑或紫,他使人觉得安闲舒适。可是铜翅乌几乎永远不飞,飞不起,贱的也得几十块钱一对

第一章
栽花逗鸟，养猫听戏

儿吧。玩鸽子是满天飞洋钱的事儿，洋钱飞起去是不如在手里牢靠的。

可是，鸽子的讲究儿不专在飞，正如女子出头露脸不专仗着能跑五十米。它得长得俊。先说头吧，平头或峰头（峰读如凤；也许就是凤，而不是峰），便决定了身价的高低。所谓峰头或凤头的，是在头上有一撮立着的毛；平头是光葫芦。自然凤头的是更美，也更贵。峰——或凤——不许有杂毛，黑便全黑，紫便全紫，搀着白的便不够派儿。它得大，而且要像个荷包似的向里包包着。鸽贩常把峰的杂毛剔去，而且把不像荷包的收拾得像荷包。这样收拾好的峰，就怕鸽子洗澡，因为那好看的头饰是用胶粘的。

头最怕鸡头，没有脑杓儿，楞头磕脑的不好看。头须像算盘子儿，圆忽忽的，丰满。这样的头，再加上个好峰，便是标准美了。

眼，得先说眼皮。红眼皮的如害着眼病，当然不美。所以要强的鸽子得长白眼皮。宽宽的白眼皮，使眼睛显着大而有神。眼珠也有讲究，豆眼、隔棱眼，都是要不得的。可惜我离开鸽子们已廿多年，形容不上来豆眼等是什么样子了；有机会到北平去住几天，我还能把它们想起来，到鸽市去两趟就行了。

嘴也很要紧。无论长得多么体面的鸽，来个长嘴，就算完了事。要不怎么，有的鸽虽然很缺少，而总不能名贵呢；因为这种根本没有短嘴的。鸽得有短嘴！厚厚实实的，小墩子嘴，才好看。

头部以外，就得论羽毛如何了。羽毛的深浅，色的支配，都有一定的。老虎帽的帽长到何处，虎头的黑或紫毛应到胸部的何处，都不能随便。出一个好鸽与出一个美人都是历史的光荣。

身的大小，随鸽而异。羽色单调一些的，像紫箭等，自然是越大越蠢，所以以短小玲珑为贵。像点子与乌什么的，个子大一点也不碍事。不过，嘴儿短，长得娇秀，自然不会发展得很粗大了，所以美丽的鸽往往是小个儿。

大个子的，长嘴儿的，可也有用处。大个子的身强力壮翅子硬，能飞，能尾上戴鸽铃，所以它们是空中的主力军。别的鸽子好看，可供地上玩赏；这些老粗儿们是飞起来才见本事，故尔也还被人爱。长翅儿也有用，孵小鸽子是它们的事：它们的嘴长，"喷"得好——小鸽不会自己吃东西，得由老鸽嘴对嘴的"喷"。再说呢，喷的时候，老的胸部羽毛便糟了；谁也不肯这么牺牲好鸽。好鸽下的蛋，总被人拿来交与丑鸽去孵，丑鸽本来不值钱，身上糙旧一点也没关系。要作鸽就得美呀，不然便很苦了。

有的丑鸽，仿佛知道自己的相貌不扬，便长点特别的本事

第一章
栽花退鸟，养猫听戏

以与美鸽竞争。有力气戴大鸽铃便是一例。可是有力气还不怎样新奇，所以有的能在空中翻跟头。会翻跟头的鸽在与朋友们一块飞起的时候，能飞着飞着便离群而翻几个跟头，然后再飞上去加入鸽群，然后又独自翻下来。这很好看，假若他是白色的，就好像由蓝空中落下一团雪来似的。这种鸽的身体很小，面貌可不见得美。他有个标帜，即在项上有一小撮毛儿，倒长着。这一撮倒毛儿好像老在那儿说："你瞧，我会翻跟头！"这种鸽还有个特点，脚上有毛儿，像诸葛亮的羽扇似的。一走，便扑喳扑喳的，很有神气。不会翻跟头的可也有时候长着毛脚。这类鸽多半是全灰全白或全黑的。羽毛不佳，可是有本事呢。

为养毛脚鸽，须盖灰顶的房，不要瓦。因为瓦的棱儿往往伤了毛脚而流出血来。

哎呀！我说"先说鸽子"，已经三千多字了，还没说完！好吧，下回接着说鸽子吧，假若有人爱听。我的题目《小动物们》，似乎也有加上个"鸽"的必要了。

载一九三五年三月《人间世》第二十四期

小动物们（鸽）续

养鸽正如养鱼，养鸟，要受许多的辛苦。"不苦不乐"，算是说对了。不过，养鱼养鸟较比养鸽还和平一些；养鸽是斗气的事儿。是，养鸟也有时候怄气，可鸟儿究竟是在笼子里，跟别的鸟没有直接的接触。鸽子是满天飞的。张家的也飞，李家的也飞，飞到一处而裹乱了是必不可免的。这就得打架。因此，玩别的小玩艺用不着法律，养鸽便得有。这些法律虽不是国家颁布的，可是在玩鸽的人们中间得遵守着。比如说吧，我开始养鸽子，我就得和四邻的"鸽家"们开谈判。交情好的呢，可以规定：彼此谁也不要谁的鸽；假若我的鸽被友家裹了去，他还给我送回来；我对他也这样。这就免去许多战争。假若两家说不来呢，那就对不起了，谁得着是谁的，战争可就无可避免了。有这样的敌人，养鸽等于斗气。你不飞，我也不飞；你的飞起来，我的也马上飞起去，跟你"撞"！"撞"很过瘾，两个鸽阵混成一

第一章
栽花逗鸟，养猫听戏

团，合而复分，分而复合；一会儿我"拉过"你的来，一会儿你又"拉过"我的去，如看拔河一样起劲。谁要是能"得过"一只来，落在自己的房上，便设法用粮食引诱下来，算作自己的战胜品。可是，俘虏是在房上，时时可以飞去；我可就下了毒手，用弩打下来，假若俘虏不受引诱而要逃走。打可得有个分寸，手法要好，讲究恰好打在——用泥弹——鸽的肩头上。肩头受伤，没有性命的危险，可是失了飞翔的能力。于是滚下房来，我用网接住；将养几天，便能好过来。手法笨的，弹中胸部，便一命呜呼；或是弹子虚发，把鸽惊走，是谓泄气。

"撞"实过瘾，可也别扭，我没法训练新鸽与小鸽了。新鸽与小鸽必须有相当的训练才认识自己的家，与见阵不迷头。那么，我每放起鸽去，敌人也必调动人马，那我简直没有训练新军的机会；大胆放出生手，准保叫人家给拉了去。于是，我得早早地起，敛旗息鼓地一声不出地去操练新军。敌人也会早起呀，这才真叫怄气！得设法说和了，要不然简直得出人命了。

哼，说和却不容易。比如我只有三十只能征惯战的鸽，而敌人有八十只，他才不和我开和平会议呢。没办法，干脆搬家吧。对这样的敌人，万幸我得过他一只来，我必定拿到鸽市去卖；不为钱，为是羞辱他。他也准知道我必到鸽市去，而托鸽贩或旁人把那只买回去，他自己没脸来和我过话。

即使没这种战争,养鸽也非养气之道;鸽时时使你心跳。这么说吧,我有点事要出门,刚走到巷口,见天上有只鸽,飞得两翅已疲,或是惊惶不定,显系飞迷了头;我不能漏这个空,马上飞跑回家,放起我的鸽来裹住这只宝贝。有天大的事也得放下。其实得到手中,也许是只最老丑的糟货,可是多少是个幸头,不能轻易放过。养鸽的人是"满天飞洋钱,两脚踩狗屎",因为老仰首走路也。

训练幼鸽也是很难放心的事,特别是经自己的手孵出来的。头几次飞,简直没把握,有时候眼看着你自己家中孵出的幼鸽,飞到别家去,其伤心不亚于丢失了儿女。

最难堪的是闹"鸦虎子"。"鸦虎子"是一种小鹰,秋冬之际来驻北平,专欺侮鸽子。在这个时节,养鸽的把鸽铃都撤下来,以免鸦虎闻声而来,在放鸽以前,要登高一望,看空中有无此物。及至鸽已飞起,而神气不对,忽高忽低,不正经着飞,便应马上"垫"起一只,使大家落下,以免危险;大概远处有了那个东西。不幸而鸦虎已到,那只有跺脚,而无办法。鸦虎子捉鸽的方法是把鸽群"托"到顶高,高得几乎像燕子那么小了,它才绕上去,单捉一只。它不忙,在鸽群下打旋,鸽们只好往高处飞了。越飞越高,越飞越乏;然后鸦虎猛地往高处一钻,鸽已失魂,紧跟着它往下一"砸",群鸽屁滚尿流,一直地往下掉。可

第一章
栽花逗鸟，养猫听戏

是鸦虎比它们快。于是空中落下一些羽毛，它捉住一只，找清静地方去享受。其余的幸得逃命，不择地而落，不定都落到哪里去呢！幸而有几只碰运气落在家中的房上，亦只顾喘息，如呆如痴，非常的可怜。这个，从始至终，养鸽的是目不敢瞬地看着；只是看着，一点办法没有！鸦虎已走，养鸽的还得等着，等着失落的鸽们回来。一会儿飞回来一只，又待一会儿又回来一只。可是等来等去，未必都能回来，因惊破了胆的鸽是很容易被别家得去的。检点残军，自叹晦气，堂堂七尺之躯会干不过个小小的鸦虎子！

普通的飞法是每天飞三次，每飞一次叫作"一翅儿"。三次的支配大概是每日的早晚中三时，这随天气的冷暖而变动。夏日太热，早晚为宜，午间即不放鸽；冬日自然以午间为宜，因为暖和些。夏天的鸽阵最好看，高处较凉一些，鸽喜高飞；而且没有鸦虎什么的，鸽飞得也稳；鸦虎是到别处去避暑了。每要飞一翅儿，是以长竿——竿头拴些碎布或鸡毛——一挥，鸽即飞起。飞起的都是熟鸽，不怕与别家的"撞"。其中最强者，尾系鸽铃，为全军奏乐。飞起来，先擦着房，而后渐次高升，以家中为中心来回地旋转。鸽不在多少，飞起来讲究尾彩配合得好，"盘儿"——即鸽阵——要密，彼此的距离短而旋转得一致。这样有盘儿有精神，悦目。盘儿大而松懈，东一个西一个地乱飞，则招

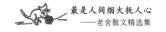

人讥诮。当盘儿飞到相当的时间，则当把生鸽或幼鸽掷于房上，盘儿见此，则往下飞。如欲训练生鸽或幼鸽，即当盘儿下落之际续入，随盘儿飞转几圈，就一齐落于房上，以免丢失。以一鸽或二鸽掷于房上，招盘儿下来，叫作"垫"。

老鸽不限于随盘儿飞，有时被主人携到十数里之外去放，仍能飞回来。有时候卖出去，过一两月还能找到了老家。

养鸽的人家，房脊上摆琉璃瓦两三块，一黄二绿，或二绿一黄，以作标帜。鸽们记得这个颜色与摆法，即不往生地方落。

新鸽买来，用线拢住翅儿，以防飞走。过几天，把翅儿松开些，使能打扑噜而不能高飞，掷之房上，使它认识环境。再过几天，看鸽性是强烈还是温柔而决定松绑的早晚。老鸽绑得日久，幼鸽绑得期短。松绑以后，就可以试着训练了。

鸽食很简单，通常都用高粱。到换毛的时候或极冷的时候才加些料豆儿。每天喂鸽最好有一定的次数。

住处也不须怎么讲究，普通的是用苇扎成个栅子，栅里再砌起窝来，每一窝放一草筐，够一对鸽住的。最要紧的是要干燥和安全。窝门不结实，或砌的不好，黄鼠狼就会半夜来偷鸽吃。窝干燥清洁，鸽不易得病；如得起病来，传染得很快，那可了不得。

该说鸽市。

第一章
栽花逗鸟，养猫听戏

对于鸽的食水，我没详说，因为在重要的点上大家虽差不多，可是每人都有自己的手法，不能完全相同；既是玩吗，个人总设法证明自己的方法最好。谈到鸽市，规矩可就是普通的了，示奇立异是行不通的。

在我幼时，天天有鸽市。我记得好像是这样：逢一五是在护国寺的后身，二六是在北新桥，三是土地庙，四是花市，七八是西城车儿胡同，九十是隆福寺外。每逢一五，是否在护国寺后身，我不敢说准了；想了半天，也想不起来。

鸽贩是每天必上市的。他们大约可分三种：第一种是阔手，只简单的拿着一个鸽笼，专买卖中上等的鸽子。第二种，挑着好几个笼，好歹不论，有利就买就卖。第三种是专买破鸽，雏鸽与鸽蛋——送到饭庄当菜用。我最不喜欢这第三种，鸽子一到他们手里就算无望了。顶可怜是雏鸽，羽毛还没长全，可是已能叫人看出是不成材料的货，便入了死笼。雏鸽哆嗦着，被别的鸽压在笼底上，极细弱地叫着！再过几点钟便成了盘中的菜了。

此外，还有一种暗中作买卖而不叫别人知道的，这好像是票友使黑杵，虽已拿钱而不明言。这种人可不甚多。

养鸽的人到市上去，若是卖鸽，便也是提笼。若是去买鸽，既不知准能买到与否，自然不必拿着笼去。只去卖一二只鸽，或是买到一二只，既未提笼，就用手绢捆着鸽。

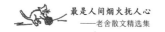

买鸽的时候，不见得准买一对。家中有只雄的，没有伴儿，便去买只雌的；或者相反。因此，卖鸽的总说"公儿欢，母儿消"。所谓"欢"者，就是公鸽正想择配，见着雌的便咕咕地叫着追求。所谓"消"者，是雌鸽正想出嫁，有公鸽向她求爱，她就点头接受。买到欢公或消母，拿到家中即能马上结婚，不必费事。欢与消可以——若是有笼——当面试验。可是市上的鸽未必雄的都欢，雌的都消。况且有时两雄或两雌放在一处而充作一对儿卖。这可就得看买主的眼睛了。你本想去买一只欢公，而市上没有；可是有一只，虽不欢，但是合你的意。那么，也就得买这一只；现在不欢，过几天也许就欢起来。你怎么知道那是个公的呢？为买公鸽而去，却买了只母的回来，岂不窝囊得慌！市上是不甚讲道德的，没眼睛的就要受骗。

看鸽是这样的：把鸽拿在左手中，拢着鸽的翅与腿，用右手去托一托鸽的胸。鸽在此时，如瞪眼，即是公；眨眼的，即是母。头大的是公，头小的是母。除辨别公母，鸽在手中也能觉出挺拔与否。真正的行家，拿起鸽来，还能看出鸽的血统正不正来，有的鸽，外表很好，而来路不正，将来下蛋孵窝，未必还能出好鸽。这个，我可不大深知；我没有多少经验。

看完了头部，要用手捋一捋鸽翅，看翅活动与否，有力没有，与是否有伤——有的鸽是被弩弹打过而翅子僵硬不灵的。

第一章
栽花逗鸟，养猫听戏

对于峰、尾，都要吹一吹，细看看；恐怕是假作的。都看好了，才讲价钱。半日之中，鸽受罪不少。所以真正好鸽，如鸽市上去卖，便放在笼内，只准看，不准动手。这显着硬气，可是鸽子的身份得真高；假如弄只破鸽而这么办，必会被人当笑话说。还有呢，好鸽保养得好，身上有一层白霜，像葡萄霜儿那样好看，经手一摸，便把霜儿蹭了去；所以不许动手。可是好鸽上市，即使不许人动，在笼中究竟要受损失，尾巴是最易磨坏的。所以要出手好鸽往往把买主请到家中来看，根本不到市上去。因此，市上实在见不着什么值钱的鸽子。

关于鸽，我想起这么些儿来，离详尽还远得很呢。就是这一点，恐怕还有说错了的地方；二十多年前的事是不易老记得很清楚的。

现在，粮食贵，有闲的人也少了，恐怕就还有养鸽的也不似先前那样讲究了。可是，这也没什么可惜。我只是为述说而述说，倒不提倡什么国鸟，国鸽的。

载一九三五年四月《人间世》第二十六期

母鸡

一向讨厌母鸡。不知怎样受了一点惊恐,听吧,它由前院嘎嘎到后院,由后院再嘎嘎到前院,没结没完,而并没有什么理由;讨厌!有的时候,它不这样乱叫,可是细声细气的,有什么心事似的,颤颤巍巍的,顺着墙根或沿着田坝,那么扯长了声如怨如诉,使人心中立刻结起个小疙瘩来。

它永远不反抗公鸡。可是,有时候却欺侮那最忠厚的鸭子。更可恶的是它遇到另一只母鸡的时候,它会下毒手,趁其不备,狠狠的咬一口,咬下一撮儿毛来。

到下蛋的时候,它差不多是发了狂,恨不能使全世界都知道它这点成绩;就是聋子也会被它吵得受不下去。

可是,现在我改变了心思!我看见一只孵出一群小雏鸡的母亲。

不论是在院里,还是在院外,它总是挺着脖儿,表示出世界上并没有可怕的东西。一个鸟儿飞过，或是什么东西响了一声，它立刻警戒起来：歪着头儿听；挺着身儿预备作战；看看前，看看后，咕咕地警告鸡雏要马上集合到它身边来！

当它发现了一点可吃的东西，它咕咕地紧叫，啄一啄那个东西，马上便放下，教它的儿女吃。结果，每一只鸡雏的肚子都圆圆地下垂，像刚装了一两个汤圆儿似的，它自己却消瘦了许多。假若有别的大鸡来抢食，它一定出击，把它们赶出老远，连大公鸡也怕它三分。

它教给鸡雏们啄食，掘地，用土洗澡，一天教多少多少次。它还半蹲着——我想这是相当劳累的——教它们挤在它的翅下、胸下，得一点温暖。它若伏在地上，鸡雏们有的便爬在它的背上，啄它的头或别的地方，它一声也不哼。

在夜间若有什么动静，它便放声啼叫，顶尖锐，顶凄惨，使任何贪睡的人也得起来看看，是不是有了黄鼠狼。

它负责，慈爱，勇敢，辛苦，因为它有了一群鸡雏。它伟大，因为它是鸡母亲。一个母亲必定就是一位英雄！

我不敢再讨厌母鸡了！

载一九四二年五月三十日《时事新报》

英国人与猫狗

英国人爱花草,爱猫狗。由一个中国人看呢,爱花草是理之当然,自要有钱有闲,种些花草几乎可与藏些图书相提并论,都是可以用"雅"字去形容的事。就是无钱无闲的,到了春天也免不掉花几个铜板买上一两小盆蝴蝶花什么的,或者把白菜脑袋塞在土中,到时候也会开上几朵小十字花儿。在诗里,赞美花草的地方要比讴颂美人的地方多得多,而梅兰竹菊等等都有一定的品格,仿佛比人还高洁可爱可敬,有点近乎一种什么神明似的,在通俗的文艺里,讲到花神的地方也很不少,爱花的人每每在死后就被花仙迎到天上的植物园去,这点荒唐,荒唐得很可爱。虽然里边还是含着与敬财神就得元宝一样的实利念头,可到底显着另有股子劲儿,和财迷大有不同;我自己就不反对被花娘娘们接到天上去玩玩。

所以,看见英国人的爱花草,我们并不觉得奇怪,反倒是

第一章
栽花逗鸟，养猫听戏

觉得有点惭愧，他们的花是那么多呀！在热闹的买卖街上，自然没有种花草的地方了，可是还能看到卖"花插"的女人，和许多鲜花铺。稍讲究一些的饭铺酒馆自然要摆鲜花了。其他的铺户中也往往摆着一两瓶花，四五十岁的掌柜们在肩下插着一朵玫瑰或虞美人也是常有的事。赶到一走到住宅区，看吧，差不多家家有些花，园地不大，可收拾得怪好，这儿一片郁金香，那儿一片玫瑰，门道上还往往搭着木架，爬着那单片的蔷薇，开满了花，就和图画里似的。越到乡下越好看，草是那么绿，花是那么鲜，空气是那么香，一个中国人也有点惭愧了。五六月间，赶上晴暖的天，到乡下去走走，真是件有造化的事，处处都像公园。

一提到猫狗和其他的牲口，我们便不这么起劲了。中国学生往往给英国朋友送去一束鲜花，惹得他们非常的欢喜。可是，也往往因为讨厌他们的猫狗而招得他们撅了嘴。中国人对于猫狗牛马，一般的说，是以"人为万物灵"为基础而直呼它们作畜类的。正人君子呢，看见有人爱动物，总不免说声"声色狗马，玩物丧志"。一般的中等人呢，养猫养狗原为捉老鼠与看家，并不须赏它们个好脸儿。那使着牲口的苦人呢，鞭子在手，急了就发威，又困于经济，它们的食水待遇活该得按着哑巴畜生办理。于是大概的说，中国的牲口实在有点倒霉；太监怀中的小巴狗，与阔寡妇椅子上的小白猫，自然是碰巧了的例外。畜类倒霉，已经

看惯，所以法律上也没有什么规定；虐待丫头与媳妇本还正大光明，哑巴畜生更无处诉委屈去；黑驴告状也并没陈告它自己的事。再说，秦桧与曹操这辈子为人作歹，下辈便投胎猪狗，吃点哑巴亏才正合适。这样，就难怪我们觉得英国人对猫狗爱得有些过火了。说真的，他们确是有点过火，不过，要从猫狗自己看呢，也许就不这么说了吧？狗龁食人食，而有些人却没饭吃，自然也不能算是公平，但是普遍的有一种爱物的仁慈，也或者无碍于礼教吧！

  英国人的爱动物，真可以说是普遍的。有人说，这是英国人的海贼本性还没有蜕净，所以总拿狗马当作朋友似的对待。据我看，这点贼性倒怪可爱；至少狗马是可以同情这句话的。无事可作的小姐与老太婆自然要弄条小狗玩玩了——对于这种小狗，无论它长得多么不顺眼，你可就是别说不可爱呀！——就是卖煤的煤黑子，与送牛奶的人，也都非常爱惜他们的马。你想不到拉煤车的马会那么驯顺、体面、干净。煤黑子本人远不如他的马漂亮，他好像是以他的马当作他的光荣。煤车被叫住了，无论是老幼男女，跟煤黑子要过几句话，差不多总是以这匹马作中心。有的过去拍拍马脖子，有的过去吻一下，有的给拿出根胡萝卜来给它吃。他们看见一匹马就仿佛外婆看见外孙子似的，眼中能笑出一朵花儿来。英国人平常总是拉着长脸，像顶着一脑门子官司，

第一章
栽花逗鸟，养猫听戏

假若你打算看看他们也有个善心，也和蔼可爱，请你注意当他们立在一匹马或拉着条狗的时候。每到春天，这些拉车的马也有比赛的机会。看吧，煤黑子弄了瓶擦铜油，一边走一边擦马身上的铜活呀。马鬃上也挂上彩子或用各色的绳儿梳上辫子，真是体面！这么看重他们的马，当然的在平日是不会给气受的，而且载重也有一定的限度，即便有狠心的人，法律也不许他任意欺侮牲口。想起北平的煤车，当雨天陷在泥中，煤黑子用支车棍往马身上抡，真令人喊"生在礼教之邦的马哟！"

猫在动物里算是最富独立性的了，它高兴呢就来趴在你怀中，啰里啰嗦的不知道念着什么。它要是不高兴，任凭你说什么，它也不答理。可是，英国人家里的猫并不因此而少受一些优待。早晚他们还是给它鱼吃，牛奶喝，到家主旅行去的时候，还要把它寄放到"托猫所"去，花不少的钱去喂养着；赶到旅行回来，便急忙把猫接回来，乖乖宝贝的叫着。及至老猫不吃饭，或把小猫摔了腿，便找医生去拔牙、接腿，一家子都忙乱着，仿佛有了什么了不得的事。

狗呢，就更不用说，天生来的会讨人喜欢，作走狗，自然会吃好的喝好的。小哈巴狗们，在冬天，得穿上背心；出门时，得抱着；临睡的时候，还得吃块糖。电影院、戏馆，禁止狗们出入，可是这种小狗会"走私"，趴在老太婆的袖里或衣中，便也

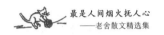

去看电影听戏,有时候一高兴便叫几声,招得老太婆头上冒汗。大狗虽不这么娇,可也很过得去。脚上偶一不慎沾上一点路上的柏油,便立刻到狗医院去给套上一只小靴子,伤风咳嗽也须吃药,事儿多了去啦。可是,它们也真是可爱,有的会送小儿去上学,有的会给主人叼着东西,有的会耍几套玩意,白天不咬人,晚上可挺厉害。你得听英国人们去说狗的故事,那比人类的历史还热闹有趣。人家、猎户、军队、警察所、牧羊人,都养狗,都爱狗。狗种也真多,大的、小的、宽的、细的、长毛的、短毛的,每种都有一定的尺寸、一定的长度,买来的时候还带着家谱,理直气壮,一点不含糊!那真正入谱的,身价往往值一千镑钱!

年年各处都有赛猫会、赛狗会。参与比赛的猫狗自然必定都有些来历,就是那没资格入会的也都肥胖、精神。这就不能不想起中国的狗了,在北平,在天津,在许多大城市里,去看看那些狗,天下最丑的东西!骨瘦如柴,一天到晚连尾巴也不敢撅起来一回,太可怜了!人还没有饭吃,似乎不必先为狗发愁吧,那么,我只好替它们祷告,下辈子不要再投胎到这儿来了!

简直没有一个英国人不爱马。那些专作赛马用的,不用说了,自然是老有许多人伺候着;就是那平常的马,无论是拉车的,还是耕地的,也都很体面。有一张卡通,记得,画的是"马

第一章
栽花逗鸟，养猫听戏

之将来"，将来的军队有飞机坦克车去冲杀陷阵，马队自然要消失了；将来的运输与车辆也用不着骡马们去拖拉，于是马怎么办呢？这张卡通——英国人画的——上说，它们就变成了猫狗：客厅里该趴着猫，将来是趴着匹马；老太婆上街该拉着狗，将来便牵着匹骡子。这未必成为事实，可是足见他们是怎样的舍不得骡马了。

除了猫狗骡马，他们对于牛羊鸡猪也都很爱惜，这是要到乡间才可以看见的。有一回到乡间去看了朋友，他的祖父是个农夫，养着许多猪与鸡。老人的鸡都有名字，叫哪个，哪个就跑来。老人最得意的是他的那些肥猪，真是干净可爱。可是，有一天下了雨，肥猪们都下了泥塘，弄得满身是稀泥；把老人差点气坏了。总而言之，他们对牲口们是尽到力量去爱护，即使是为杀了吃肉的，反正在它们活着的时候总不受委屈。中国有许多人提倡吃素禁屠，可是往往寺院里放生的牲口皮包不住骨，别处的畜类就更不必说了。好死不如赖活着，是我们特有的哲学，可也真够残忍的。

对于鱼鸟鸽虫，英国人不如我们会养会玩，养这些玩意的也就很少。卖猫狗的铺子里不错也卖鹦鹉、小兔、小龟和碧玉鸟什么的，可是养鸟的并不懂教给它们怎样的叫成套数。据说，他们在老年间也斗鸡斗鹌鹑，现在已被禁止，因为太残忍。我们似乎

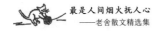

也该把斗蟋蟀什么的禁止了吧?也不是怎么的,我总以为小时候爱斗蟋蟀,长大了也必爱去看枪毙人;没有实地测验过,此说容或不能成立;再说,还许是一点妇人之仁,根本要不得呢。

载一九三七年六月一日《西风》第十期

吃莲花的

今年我种了两盆白莲。盆是由北平搜寻来的,里外包着绿苔,至少有五六十岁。泥是由黄河拉来的。水用趵突泉的。只是藕差点事,吃剩下来的菜藕。好盆好泥好水敢情有妙用,菜藕也不好意思了,长吧,开花吧,不然太对不起人!居然,拔了梗,放了叶,而且开了花。一盆里七八朵,白的!只有两朵,瓣尖上有点红,我细细的用檀香粉给涂了涂,于是全白。作诗吧,除了作诗还有什么办法?专说"亭亭玉立"这四个字就被我用了七十五次,请想我作了多少首诗吧!

这且不提。好几天了,天天门口卖菜的带着几把儿白莲。最初,我心里很难过。好好的莲花和茄子冬瓜放在一块,真!继而一想,若有所悟。啊,济南名士多,不能自己"种"莲,还不"买"些用古瓶清水养起来,放在书斋?是的,一定是这样。

这且不提。友人约游大明湖,"去买点莲花来!"他说。

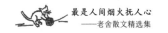

"何必去买,我的两盆还不可观?"我有点不痛快,心里说:"我自种的难道比不上湖里的?真!"况且,天这么热,游湖更受罪,不如在家里,煮点毛豆角,喝点莲花白,作两首诗,以自种白莲为题,岂不雅妙?友人看着那两盆花,点了点头。我心里不用提多么痛快了;友人也很雅哟!除了作新诗向来不肯用这"哟",可是此刻非用不可了!我忙着吩咐家中煮毛豆角,看看能买到鲜核桃不。然后到书房去找我的诗稿。友人静立花前,欣赏着哟!

这且不提。及至我从书房回来一看,盆中的花全在友人手里握着呢,只剩下两朵快要开败的还在原地未动。我似乎忽然中了暑,天旋地转,说不出话。友人可是很高兴。他说:"这几朵也对付了,不必到湖中买去了。其实门口卖菜的也有,不过没有湖上的新鲜便宜。你这些不很嫩了,还能对付。"他一边说着,一边奔了厨房。"老田,"他叫着我的总管事兼厨子:"把这用好香油炸炸。外边的老瓣不要,炸里边那嫩的。"老田是我由北平请来的,和我一样不懂济南的典故,他以为香油炸莲瓣是什么偏方呢。"这治什么病,烫伤?"他问。友人笑了。"治烫伤?吃!美极了!没看见菜挑子上一把一把儿的卖吗?"

这且不提。还提什么呢,诗稿全烧了,所以不能附录在这里。

节选自一九三三年《论语》第二十三期

在乡下

虽然刚住了几天,我已经感到乡间的确可喜。在这生活困难的时候,谁也恐怕不能不一开口就谈到钱;在乡下住,第一个好处是可以省下几文。头发长了,须跑出十里八里去理;脚稍微一懒,就许延迟一个星期;头发长了些,可是袋儿里也沉重了些。洗澡,更谈不到。到极热的时候,可以下河;天不够热的时候,皮肤外有一层可以搓卷着玩的泥,也显着暖和而有趣。这就又省了一笔支出。没有卖鲜果,糖食和点心的;这不但可以省了钱,而且自然的矫正了吃零食的坏习惯。衣服须自己洗,皮鞋须自己擦。路须自己走——没有洋车。就是有,也不能在田埂儿上走。

除了省钱,还另有好多的精神胜利:平剧、川剧全听不到了,但是可以自己唱。在大黄角树下,随意喊吧,除了多管闲事的狗向你叫几声而外,不会有人来叫"倒好"的。话剧更看不到,可是自己可以写两本呀,有的是工夫!

　　书是不易得到的，但是偶然找来一本，绝不会像在城里时那样掀一掀就了事。在乡下，心里用不着惦记与朋友们定的约会，眼睛用不着时时的看表，于是，拿到一本书的时节，就可以愿意怎么读便怎么读；愿意把这几行读两遍，便读两遍；三遍就三遍；看哪一行不大顺眼，便可以跟它辩论一番！这样，书仿佛就与人成了可以谈心的朋友，而不是书架上的摆设了。

　　院中有犬吠声，鸡鸭叫声，孩子哭声；院外有蛙声，鸟声，叱牛声，农人相呼声。但这些声音并不教你心中慌乱。到了夜间，便什么声音也没有；即使蛙还在唱，可是它们会把你唱入梦境里去。这几天，杜鹃特别的多，直到深夜还不住的啼唤；老想问问它们，三更半夜的唤些什么？这不是厌烦，而是有点相怜之意。

　　正在插秧的时候下了大雨，每个农人都面带喜色，水牛忙极了，却一点不慌，还是那么慢条斯理的，像有成竹在胸的样子。

　　晚上，油灯欠亮，蚊虫甚多；所以早早的就躲到帐子里去。早睡，所以就也早起。睡得定，睡得好，脸上就增加了一点肉——很不放心，说不一定还会变成胖子呢！

　　　　　　　　载一九四二年五月二十五日重庆《大公报·战线》

济南的药集

今年的药集是从四月廿五日起,一共开半个月——有人说今年只开三天,中国事向来是没准儿的。地点在南券门街与三和街。这两条街是在南关里,北口在正觉寺街,南头顶着南围子墙。

喝!药真多!越因为我不认识它们越显得多!

每逢我到大药房去,我总以为各种瓶子中的黄水全是硫酸,白的全是蒸馏水,因为我的化学知识只限于此。但是药房的小瓶小罐上都有标签,并不难于检认;假若我害头疼,而药房的人给我硫酸喝,我决不会答应他的。到了药集,可是真没有法儿了!一捆一捆,一袋一袋,一包一包,全是药材,全没有标签!而且买主只问价钱,不问名称,似乎他们都心有成"药";我在一旁参观,只觉得腿酸,一点知识也得不到!

但是,我自有办法。桔皮,干向日葵,竹叶,荷梗,益母草，我都认得；那些不认识的粗草细草长草短草呢？好吧，长的都算柴胡，短的都算——什么也行吧，看那柴胡，有多少种呀；心中痛快多了！

关于动物的，我也认识几样：马蜂窝，整个的干龟，蝉蜕，僵蚕，还有椿蹦儿。这每一样的药名和拉丁名，我全不知道，只晓得这是椿树上的飞虫，鲜红的翅儿，翅上有花点，很好玩，北平人管它们叫椿蹦儿；它们能治什么病呢？还看见了羚羊，原来是一串黑亮的小球；为什么羚羊应当是小黑球呢？也许有人知道。还有两对狗爪似的东西，莫非是熊掌？犀角没有看见，狗宝，牛黄也不知是什么样子，设若牛黄应像老倭瓜，我确是看见了好几个貌似干倭瓜的东西。最失望的是没有看见人中黄，莫非药铺的人自己能供给，所以集上无须发售吧？也许是用锦匣装着，没能看到？

矿物不多，石膏，大白，是我认识的；有些大块的红石头便不晓得是什么了。

草药在地上放着，熟药多在桌上摆着。万应锭，狗皮膏之类，看看倒还漂亮。

此外还有非药性的东西，如草纸与东昌纸等；还有可作药用也可作食品的东西，如山楂片，核桃，酸枣，莲子，薏仁米等。大概那些不识药性的游人，都是为买这些东西来的。价钱确是

第一章
栽花逗鸟，养猫听戏

便宜。

我很爱这个集：第一，我觉得这里全是国货；只有人参使我怀疑有洋参的可能，那些种柴胡和那些马蜂窝看着十二分道地，决不会是舶来品。第二，卖药的人们非常安静，一点不吵不闹；也非常的和蔼，虽然要价有点虚谎，可是还价多少总不出恶声。第三，我觉得到底中国药（应简称为"国药"）比西洋药好，因为"国药"吃下去不管治病与否，至少能帮助人们增长抵抗力。这怎么讲呢？看，桔皮上有多么厚的黑泥，柴胡们带着多少沙土与马粪；这些附带的黑泥与马粪，吃下去一定会起一种作用，使胃中多一些以毒攻毒的东西。假如桔皮没有什么力量，这附带的东西还能补充一些。西洋药没有这些附带品，自然也不会发生附带的效力。那位医生敢说对下药有十二分的把握么？假如药不对症，而药品又没有附带物，岂不是大大的危险！"国药"全有附带物，谁敢说大多数的病不是被附带物治好的呢？第四，到底是中国，处处事事带着古风：咱们的祖先遍尝百草，到如今咱们依旧是这样，大概再过一万八千年咱们还是这样。我虽然不主张复古，可是热烈的想保存古风的自大有人在，我不能不替他们欣喜。第五，从今年夏天起，我一定见着马蜂窝，大蝎子，烂树叶，就收藏起来；人有旦夕祸福，谁知道什么时候生病呢！万一真病了，有的是现成的马蜂窝……

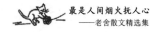

逛完了集,出了巷口,看见一大车牛马皮,带着毛还没制成革,不知是否也是药材。

载一九三二年六月十一日《华年》第一卷第九期

乍看舞剑忙提笔

齐白石大师题画诗里有这么一句："乍看舞剑忙提笔",这大概是说由看到舞剑的鹤立星流而悟出作画的气势,故急于提笔,恐稍纵即逝也。

刘宝全老夫子是位乐师,弹得一手好琵琶,这大有助于他对京韵大鼓的创造新腔,自成一家。

梅兰芳院长喜画。他说过:会画几笔,懂得些彩墨的运用,对设计戏装、舞台布景等颇有帮助。

这类的例子还很多,不必一一介绍。这说明什么?就是:艺术各部门虽各有领域,可是艺术修养却不限于在一个领域里打转转。一位音乐家而会写写诗,填填词,必能按字寻声,丝丝入扣,给歌词制出更好的曲谱来。一位戏曲演员而懂些音韵学,也必能更好地行腔吐字,有余叔岩、言菊朋二家为证。据说:王维的诗中有画,画中有诗,或正因为他既是诗人,又是画家。业精于专，而不忌博也。艺术修养本有专与博的两面，缺一不可。专凭一技之长，不易获得丰富的艺术生活与修养，且往往不能使这一技达乎尖端，有所创辟。古代文人于诗文之外，还讲究精于琴棋书画，也许有些道理。

爱去看戏，还宜自己也学会唱几句。爱看画展，何不自己也学画几笔。自己动手，才能提高欣赏。我记得从前有不少戏曲名演员经常和文人与画家们在一起，你教教我，我教教你，互为师生。我看这个办法不错。当初，我在重庆遇到滑稽大鼓歌手富少舫先生，他要求我给写新词儿，我请他先教会我一些老段子。他教给了我两段最不易唱的，《白帝城》与《长坂坡》。于是，我就能给他写新词儿了。这种互为师生的办法确是不坏。

用不着说，习字学画，或学点吹打拉弹，对陶冶性情也大有好处。每当我工作一天之后，头昏火盛，想发脾气，我就静静地磨点墨，找些废纸，乱写一番。字不成体，全无是处，故有"歪诗怪字愧风流"之语以自嘲。虽愧风流，可是不发脾气了，几乎有练气功之效，连跟我捣乱的白猫也不忍去叱喝一声了。

我有几把戏曲名演员写画的扇子。谈及目前青年演员练字学画，将它们给《北京日报》的记者看了看，证明演员们业余写字作画已有传统。他们嘱我说几句话，就写成这么几行。

载一九六一年六月八日《北京日报》

第二章

幸得诸君慰此生

人是为明天活着的,
因为记忆中有朝阳晓露。

宗月大师

在我小的时候，我因家贫而身体很弱。我九岁才入学。因家贫体弱，母亲有时候想教我去上学，又怕我受人家的欺侮，更因交不上学费，所以一直到九岁我还不识一个字。说不定，我会一辈子也得不到读书的机会。因为母亲虽然知道读书的重要，可是每月间三四吊钱的学费，实在让她为难。母亲是最喜脸面的人。她迟疑不决，光阴又不等待着任何人，荒来荒去，我也许就长到十多岁了。一个十多岁的贫而不识字的孩子，很自然的去作个小买卖——弄个小筐，卖些花生、煮豌豆或樱桃什么的。要不然就是去学徒。母亲很爱我，但是假若我能去作学徒，或提篮沿街卖樱桃而每天赚几百钱，她或者就不会坚决的反对。穷困比爱心更有力量。

有一天刘大叔偶然的来了。我说"偶然的"，因为他不常来看我们。他是个极富的人，尽管他心中并无贫富之别，可是他的

最是人间烟火 抚人心

第二章
幸得诸君慰此生

财富使他终日不得闲,几乎没有工夫来看穷朋友。一进门,他看见了我。"孩子几岁了?上学没有?"他问我的母亲。他的声音是那么洪亮(在酒后,他常以学喊俞振庭的《金钱豹》自傲),他的衣服是那么华丽,他的眼是那么亮,他的脸和手是那么白嫩肥胖,使我感到我大概是犯了什么罪。我们的小屋,破桌凳,土炕,几乎禁不住他的声音的震动。等我母亲回答完,刘大叔马上决定:"明天早上我来,带他上学,学钱、书籍,大姐你都不必管!"我的心跳起多高,谁知道上学是怎么一回事呢!

第二天,我像一条不体面的小狗似的,随着这位阔人去入学。学校是一家改良私塾,在离我的家有半里多地的一座道士庙里。庙不甚大,而充满了各种气味:一进山门先有一股大烟味,紧跟着便是糖精味(有一家熬制糖球糖块的作坊),再往里,是厕所味,与别的臭味。学校是在大殿里。大殿两旁的小屋住着道士,和道士的家眷。大殿里很黑、很冷。神像都用黄布挡着,供桌上摆着孔圣人的牌位。学生都面朝西坐着,一共有三十来人。西墙上有一块黑板——这是"改良"私塾。老师姓李,一位极死板而极有爱心的中年人。刘大叔和李老师"嚷"了一顿,而后教我拜圣人及老师。老师给了我一本《地球韵言》和一本《三字经》。我于是,就变成了学生。

自从作了学生以后,我时常的到刘大叔的家中去。他的宅子

有两个大院子，院中几十间房屋都是出廊的。院后，还有一座相当大的花园。宅子的左右前后全是他的房屋，若是把那些房子齐齐的排起来，可以占半条大街。此外，他还有几处铺店。每逢我去，他必招呼我吃饭，或给我一些我没有看见过的点心。他绝不以我为一个苦孩子而冷淡我，他是阔大爷，但是他不以富傲人。

在我由私塾转入公立学校去的时候，刘大叔又来帮忙。这时候，他的财产已大半出了手。他是阔大爷，他只懂得花钱，而不知道计算。人们吃他，他甘心教他们吃；人们骗他，他付之一笑。他的财产有一部分是卖掉的，也有一部分是被人骗了去的。他不管；他的笑声照旧是洪亮的。

到我在中学毕业的时候，他已一贫如洗，什么财产也没有了，只剩了那个后花园。不过，在这个时候，假若他肯用用心思，去调整他的产业，他还能有办法教自己丰衣足食，因为他的好多财产是被人家骗了去的。可是，他不肯去请律师。贫与富在他心中是完全一样的。假若在这时候，他要是不再随便花钱，他至少可以保住那座花园，和城外的地产。可是，他好善。尽管他自己的儿女受着饥寒，尽管他自己受尽折磨，他还是去办贫儿学校，粥厂等等慈善事业。他忘了自己。就是在这个时候，我和他过往的最密。他办贫儿学校，我去作义务教师。他施舍粮米，我去帮忙调查及散放。在我的心里，我很明白：放粮放钱不过只是

第二章
幸得诸君慰此生

延长贫民的受苦难的日期,而不足以阻拦住死亡。但是,看刘大叔那么热心,那么真诚,我就顾不得和他辩论,而只好也出点力了。即使我和他辩论,我也不会得胜,人情是往往能战败理智的。

在我出国以前,刘大叔的儿子死了。而后,他的花园也出了手。他入庙为僧,夫人与小姐入庵为尼。由他的性格来说,他似乎势必走入避世学禅的一途。但是由他的生活习惯上来说,大家总以为他不过能念念经,布施布施僧道而已,而绝对不会受戒出家。他居然出了家。在以前,他吃的是山珍海味,穿的是绫罗绸缎。他也嫖也赌。现在,他每日一餐,入秋还穿着件夏布道袍。这样苦修,他的脸上还是红红的,笑声还是洪亮的。对佛学,他有多么深的认识,我不敢说。我却真知道他是个好和尚,他知道一点便去作一点,能作一点便作一点。他的学问也许不高,但是他所知道的都能见诸实行。

出家以后,他不久就作了一座大寺的方丈。可是没有好久就被驱逐出来。他是要作真和尚,所以他不惜变卖庙产去救济苦人。庙里不要这种方丈。一般的说,方丈的责任是要扩充庙产,而不是救苦救难的。离开大寺,他到一座没有任何产业的庙里作方丈。他自己既没有钱,他还须天天为僧众们找到斋吃。同时,他还举办粥厂等等慈善事业。他穷,他忙,他每日只进一顿简单

的素餐，可是他的笑声还是那么洪亮。他的庙里不应佛事，赶到有人来请，他便领着僧众给人家去唪真经，不要报酬。他整天不在庙里，但是他并没忘了修持；他持戒越来越严，对经义也深有所获。他白天在各处筹钱办事，晚间在小室里作工夫。谁见到这位破和尚也不曾想到他曾是个在金子里长起来的阔大爷。

去年，有一天他正给一位圆寂了的和尚念经，他忽然闭上了眼，就坐化了。火葬后，人们在他的身上发现许多舍利。

没有他，我也许一辈子也不会入学读书。没有他，我也许永远想不起帮助别人有什么乐趣与意义。他是不是真的成了佛？我不知道。但是，我的确相信他的居心与言行是与佛相近似的。我在精神上物质上都受过他的好处，现在我的确愿意他真的成了佛，并且盼望他以佛心引领我向善，正像在三十五年前，他拉着我去入私塾那样！

他是宗月大师。

载一九四〇年一月二十三日《华西日报》

我的母亲

母亲的娘家是北平德胜门外,土城儿外边,通大钟寺的大路上的一个小村里。村里一共有四五家人家,都姓马。大家都种点不十分肥美的地,但是与我同辈的兄弟们,也有当兵的,作木匠的,作泥水匠的,和当巡察的。他们虽然是农家,却养不起牛马,人手不够的时候,妇女便也须下地作活。

对于姥姥家,我只知道上述的一点。外公外婆是什么样子,我就不知道了,因为他们早已去世。至于更远的族系与家史,就更不晓得了;穷人只能顾眼前的衣食,没有功夫谈论什么过去的光荣;"家谱"这字眼,我在幼年就根本没有听说过。

母亲生在农家,所以勤俭诚实,身体也好。这一点事实却极重要,因为假若我没有这样的一位母亲,我以为我恐怕也就要大大的打个折扣了。

母亲出嫁大概是很早,因为我的大姐现在已是六十多岁的

老太婆,而我的大外甥女还长我一岁啊。我有三个哥哥,四个姐姐,但能长大成人的,只有大姐,二姐,三姐,三哥与我。我是"老"儿子。生我的时候,母亲已有四十一岁,大姐二姐已都出了阁。

由大姐与二姐所嫁入的家庭来推断,在我生下之前,我的家里,大概还马马虎虎的过得去。那时候定婚讲究门当户对,而大姐丈是作小官的,二姐丈也开过一间酒馆,他们都是相当体面的人。

可是,我,我给家庭带来了不幸:我生下来,母亲晕过去半夜,才睁眼看见她的老儿子——感谢大姐,把我揣在怀中,致未冻死。

一岁半,我把父亲"克"死了。

兄不到十岁,三姐十二三岁,我才一岁半,全仗母亲独力抚养了。父亲的寡姐跟我们一块儿住,她吸鸦片,她喜摸纸牌,她的脾气极坏。为我们的衣食,母亲要给人家洗衣服,缝补或裁缝衣裳。在我的记忆中,她的手终年是鲜红微肿的。白天,她洗衣服,洗一两大绿瓦盆。她作事永远丝毫也不敷衍,就是屠户们送来的黑如铁的布袜,她也给洗得雪白。晚间,她与三姐抱着一盏油灯,还要缝补衣服,一直到半夜。她终年没有休息,可是在忙碌中她还把院子屋中收拾得清清爽爽。桌椅都是旧的,柜门的铜活久已残缺不全,可是她的手老使破桌面上没有尘土,残破的铜活发着光。院中,父亲遗留下的几盆石榴与夹竹桃,永远会得到应有的浇灌与爱护,年年夏天开许多花。

哥哥似乎没有同我玩耍过。有时候,他去读书;有时候,他去学徒;有时候,他也去卖花生或樱桃之类的小东西。母亲含着泪把他送走,不到两天,又含着泪接他回来。我不明白这都是什么事,而只觉得与他很生疏。与母亲相依为命的是我与三姐。因此,她们作事,我老在后面跟着。她们浇花,我也张罗着取水;她们扫地,我就撮土……从这里,我学得了爱花,爱清洁,守秩序。这些习惯至今还被我保存着。

有客人来,无论手中怎么窘,母亲也要设法弄一点东西去款待。舅父与表哥们往往是自己掏钱买酒肉食,这使她脸上羞得飞红,可是殷勤的给他们温酒作面,又给她一些喜悦。遇上亲友家中有喜丧事,母亲必把大褂洗得干干净净,亲自去贺吊——份礼也许只是两吊小钱。到如今如我的好客的习性,还未全改,尽管生活是这么清苦,因为自幼儿看惯了的事情是不易改掉的。

姑母常闹脾气。她单在鸡蛋里找骨头。她是我家中的阎王。直到我入了中学,她才死去,我可是没有看见母亲反抗过。"没受过婆婆的气,还不受大姑子的吗?命当如此!"母亲在非解释一下不足以平服别人的时候,才这样说。是的,命当如此。母亲活到老,穷到老,辛苦到老,全是命当如此。她最会吃亏。给亲友邻居帮忙,她总跑在前面:她会给婴儿洗三——穷朋友们可以因此少花一笔"请姥姥"钱——她会刮痧,她会给孩子们剃头,她会给少妇们绞脸……凡是她能作的,都有求必应。但是吵嘴打架,永远没有她。她宁吃亏,不斗气。当姑母死去的时候,母亲似乎把一世的委屈都哭了出来,一直哭到坟地。不知道哪里来的一位侄子,声称有承继权,母亲便一声不响,教他搬走那些破桌子烂板凳,而且把姑母养的一只肥母鸡也送给他。

可是,母亲并不软弱。父亲死在庚子闹"拳"的那一年。联军入城,挨家搜索财物鸡鸭,我们被搜两次。母亲拉着哥哥与三姐坐在墙根,等着"鬼子"进门,街门是开着的。"鬼子"进门,一刺刀先把老黄狗刺死,而后入室搜索。他们走后,母亲把破衣箱搬起,才发现了我。假若箱子不空,我早就被压死了。皇上跑了,丈夫死了,鬼子来了,满城是血光火焰,可是母亲不怕,她要在刺刀下,饥荒中,保护着儿女。北平有多少变乱啊,有时候兵变了,街市整条的烧起,火团落在我们院中。有时候内战了,城门紧闭,铺店关门,昼夜响着枪炮。这惊恐,这紧张,再加上一家饮食的筹划,儿女安全的顾虑,岂是一个软弱的老寡妇所能受得起的?可是,在这种时候,母亲的心横起来,她不慌不哭,要从无办法中想出办法来。她的泪会往心中落!这点软而

第二章
幸得诸君慰此生

硬的个性，也传给了我。我对一切人与事，都取和平的态度，把吃亏看作当然的。但是，在作人上，我有一定的宗旨与基本的法则，什么事都可将就，而不能超过自己划好的界限。我怕见生人，怕办杂事，怕出头露面；但是到了非我去不可的时候，我便不得不去，正像我的母亲。从私塾到小学，到中学，我经历过起码有廿位教师吧，其中有给我很大影响的，也有毫无影响的，但是我的真正的教师，把性格传给我的，是我的母亲。母亲并不识字，她给我的是生命的教育。

当我在小学毕了业的时候，亲友一致的愿意我去学手艺，好帮助母亲。我晓得我应当去找饭吃，以减轻母亲的勤劳困苦。可是，我也愿意升学。我偷偷的考入了师范学校——制服、饭食、书籍、宿处，都由学校供给。只有这样，我才敢对母亲提升学的话。入学，要交十元的保证金。这是一笔巨款！母亲作了半个月的难，把这巨款筹到，而后含泪把我送出门去。她不辞劳苦，只要儿子有出息。当我由师范毕业，而被派为小学校校长，母亲与我都一夜不曾合眼。我只说了句："以后，您可以歇一歇了！"她的回答只有一串串的眼泪。我入学之后，三姐结了婚。母亲对儿女是都一样疼爱的，但是假若她也有点偏爱的话，她应当偏爱三姐，因为自父亲死后，家中一切的事情都是母亲和三姐共同撑持的。三姐是母亲的右手。但是母亲知道这右手必须割去，她不

能为自己的便利而耽误了女儿的青春。当花轿来到我们的破门外的时候，母亲的手就和冰一样的凉，脸上没有血色——那是阴历四月，天气很暖。大家都怕她晕过去。可是，她挣扎着，咬着嘴唇，手扶着门框，看花轿徐徐的走去。不久，姑母死了。三姐已出嫁，哥哥不在家，我又住学校，家中只剩母亲自己。她还须自晓至晚的操作，可是终日没人和她说一句话。新年到了，正赶上政府倡用阳历，不许过旧年。除夕，我请了两小时的假。由拥挤不堪的街市回到清炉冷灶的家中。母亲笑了。及至听说我还须回校，她愣住了。半天，她才叹出一口气来。到我该走的时候，她递给我一些花生，"去吧，小子！"街上是那么热闹，我却什么也没看见，泪遮迷了我的眼。今天，泪又遮住了我的眼，又想起当日孤独的过那凄惨的除夕的慈母。可是慈母不会再候盼着我了，她已入了土！

儿女的生命是不依顺着父母所设下的轨道一直前进的，所以老人总免不了伤心。我廿三岁，母亲要我结了婚，我不要。我请来三姐给我说情，老母含泪点了头。我爱母亲，但是我给了她最大的打击。时代使我成为逆子。廿七岁，我上了英国。为了自己，我给六十多岁的老母以第二次打击。在她七十大寿的那一天，我还远在异域。那天，据姐姐们后来告诉我，老太太只喝了两口酒，很早的便睡下。她想念她的幼子，而不便说出来。

第二章
幸得诸君慰此生

"七七"抗战后，我从济南逃出来。北平又像庚子那年似的被鬼子占据了，可是母亲日夜惦念的幼子却跑西南来。母亲怎样想念我，我可以想象得到，可是我不能回去。每逢接到家信，我总不敢马上拆看，我怕，怕，怕，怕有那不祥的消息。人，即使活到八九十岁，有母亲便可以多少还有点孩子气。失了慈母便像花插在瓶子里，虽然还有色有香，却失去了根。有母亲的人，心里是安定的。我怕，怕，怕家信中带来不好的消息，告诉我已是失了根的花草。

去年一年，我在家信中找不到关于老母的起居情况。我疑虑，害怕。我想象得到，如有不幸，家中念我流亡孤苦，或不忍相告。母亲的生日是在九月，我在八月半写去祝寿的信，算计着会在寿日之前到达。信中嘱咐千万把寿日的详情写来，使我不再疑虑。十二月二十六日，由文化劳军的大会上回来，我接到家信。我不敢拆读。就寝前，我拆开信，母亲已去世一年了！

生命是母亲给我的。我之能长大成人，是母亲的血汗灌养的。我之能成为一个不十分坏的人，是母亲感化的。我的性格，习惯，是母亲传给的。她一世未曾享过一天福，临死还吃的是粗粮。唉！还说什么呢？心痛！心痛！

载一九四三年四月《半月文萃》第1卷第9、10期合刊

父亲

我一点不能自立：是活下去好呢？还是死了好呢？我还不如那么一只小黄绒鸡。它从蛋壳里一钻出来便会在阳光下抖一抖小翅膀，而后在地上与墙角，寻些可以咽下去的小颗粒。我什么也不会，我生我死须完全听着别人的；饿了，我只知道啼哭，最具体的办法不过是流泪！我只求一饱，可是母亲没有奶给我吃。她的乳房软软的贴在胸前，乳头只是两个不体面而抽抽着的黑葡萄，没有一点浆汁。怎样呢，我饿呀！母亲和小姐姐只去用个小砂锅熬一点浆糊，加上些糕干面，填在我的小红嘴里。代乳粉与鲜牛乳，在那不大文明的时代还都不时兴；就是容易找到，家中也没有那么多的钱为我花。浆糊的力量只足以消极的使我一时不至断气，它不能教我身上那一层红软的皮儿离开骨头。我连哭都哭不出壮烈的声儿来。

假如我能自主，我一定不愿意长久这么敷衍下去，虽然有点

第二章
幸得诸君慰此生

对不起母亲，可是这样的苟且偷生怎能对得起生命呢？

自然母亲是不亏心的。她想尽了方法使我饱暖。至于我到底还是不饱不暖，她比任何人，甚至于比我自己，都更关心着急，可是她想不出好的方法来。她只能偎着我的瘦脸，含着泪向我说："你不会投生到个好地方去吗？"然后她用力的连连吻我，吻得我出不来气，母子的瘦脸上都显出一点很难见到的血色。

"七坐八爬"。但是我到七个月不会坐，八个月也不会爬。我很老实，仿佛是我活到七八月之间已经领略透了生命的滋味，已经晓得忍耐与敷衍。除了小姐姐把我扯起来趔趄着的时候，我轻易也不笑一笑。我的青黄的小脸上几乎是带出由隐忍而傲慢的神气，所以也难怪姑母总说我是个"姥姥不疼，舅舅不爱的小东西"。

我猜想着，我那个时候一定不会很体面。虽然母亲总是说我小时候怎么俊，怎么白净，可是我始终不敢深信。母亲眼中要是有了丑儿女，人类即使不灭绝，大概也得减少去好多好多吧。当我七八岁的时候，每逢大姐丈来看我们，他必定要看看我的"小蚕"。看完了，他仿佛很放心了似的，咬着舌儿说——他是个很漂亮的人，可惜就是有点咬舌儿——"哼，老二行了；当初，也就是豌豆那么点儿！"我很不爱听这个，就是小一点吧，也不至于与豌豆为伍啊！可是，恐怕这倒比母亲的夸赞更真实一些，我

的瘦弱丑陋是无可否认的。

一岁半,我把父亲克死了。

父亲的模样,我说不上来,因为还没到我能记清楚他的模样的时候,他就逝世了。这是后话,不用在此多说。我只能说,他是个"面黄无须"的旗兵,因为在我八九岁时,我偶然发现了他出入皇城的那面腰牌,上面烫着"面黄无须"四个大字。

义和团起义的那一年,我还不满两岁,当然无从记得当时的风狂火烈、杀声震天的声势和光景。可是,自从我开始记事,直到老母病逝,我听过多少多少次她的关于八国联军罪行的含泪追述。对于集合到北京来的各路团民的形象,她述说的不多,因为她,正像当日的一般妇女那样,是不敢轻易走出街门的。她可是深恨,因而也就牢牢记住洋兵的罪行——他们找上门来行凶打抢。母亲的述说,深深印在我的心中,难以磨灭。在我的童年时期,我几乎不需要听什么吞吃孩子的恶魔等等故事。母亲口中的洋兵是比童话中巨口獠牙的恶魔更为凶暴的。况且,童话只是童话,母亲讲的是千真万确的事实,是直接与我们一家人有关的事实。

我不记得父亲的音容,他是在哪一年与联军巷战时阵亡的。他是每月关三两饷银的护军,任务是保卫皇城。联军攻入了地安门,父亲死在北长街的一家粮店里。

第二章
幸得诸君慰此生

那时候,母亲与姐姐既不敢出门,哥哥刚九岁,我又大部分时间睡在炕上,我们实在无从得到父亲的消息——多少团民、士兵,与无辜的人民就那么失了踪!

多亏舅父家的二哥前来报信。二哥也是旗兵,在皇城内当差。败下阵来,他路过那家粮店,进去找点水喝。那正是热天。店中职工都已逃走,只有我的父亲躺在那里,全身烧肿,已不能说话。他把一双因脚肿而脱下来的布袜子交给了二哥,一语未发。父亲到什么时候才受尽苦痛而身亡,没人晓得。

父亲的武器是老式的抬枪,随放随装火药。几杆抬枪列在一处,不少的火药就撒落在地上。洋兵的子弹把火药打燃,而父亲身上又带有火药,于是……

在那大混乱中,二哥自顾不暇,没法儿把半死的姑父背负回来,找车没车,找人没人,连皇上和太后不是都跑了吗?

进了门,二哥放声大哭,把那双袜子交给了我的母亲。许多年后,二哥每提起此事就难过,自谴。可是我们全家都没有责难过他一句。我们恨八国联军!

母亲当时的苦痛与困难,不难想象。城里到处火光烛天,枪炮齐响,有钱的人纷纷逃难,穷苦的人民水断粮绝。父亲是一家之主,他活着,我们全家有点老米吃;他死去,我们须自谋生计。母亲要强,没有因为悲伤而听天由命。她日夜操作,得些微

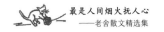

薄的报酬，使儿女们免于死亡。在精神状态上，我是个抑郁寡欢的孩子，因为我刚一懂得点事便知道了愁吃愁喝。这点痛苦并不是什么突出的例子。那年月，有多少儿童被卖出去或因饥寒而夭折了啊！

联军攻入北京，他们究竟杀了多少人，劫走多少财宝，没法统计。这是一笔永远算不清的债！以言杀戮，确是鸡犬不留。北京家家户户的鸡都被洋兵捉走。敢出声的狗，立被刺死——我家的大黄狗就死于刺刀之下。偷鸡杀狗表现了占领者的勇敢与威风。以言劫夺，占领者的确"文明"。他们不像绿林好汉那么粗野，劫获财宝，呼啸而去。不！他们都有高度的盗窃技巧，他们耐心地、细致地挨家挨户去搜索，剔刮，像姑娘篦发那么从容、细腻。

我们住的小胡同，连轿车也进不来，一向不见经传。那里的住户都是赤贫的劳动人民，最贵重的东西不过是张大妈的结婚戒指（也许是白铜的），或李二嫂的一根银头簪。可是，洋兵以老鼠般的聪明找到这条小胡同，三五成群，一天不知来几批。我们的门户须终日敞开，妇女们把剪子藏在怀里，默默地坐在墙根，等待着文明强盗——刽子手兼明火、小偷。他们来到，先去搜鸡，而后到屋中翻箱倒柜，从容不迫地、无孔不入地把稍有价值的东西都拿走。第一批若有所遗漏，自有第二批、第三批前来加意精选。

我们的炕上有两只年深日久的破木箱。我正睡在箱子附近。文明强盗又来了。我们的黄狗已被前一批强盗刺死,血还未干。他们把箱底儿朝上,倒出所有的破东西。强盗走后,母亲进来,我还被箱子扣着。我一定是睡得很熟,要不然,他们找不到好东西,而听到孩子的啼声,十之八九也会给我一刺刀。一个中国人的性命,在那时节,算得了什么呢!况且,我又是那么瘦小、不体面的一个孩子呢!

原文名称叫：无题（因为没有故事）

人是为明天活着的，因为记忆中有朝阳晓露；假若过去的早晨都似地狱那么黑暗丑恶，盼明天干吗呢？是的，记忆中也有痛苦危险，可是希望会把过去的恐怖裹上一层糖衣，像看着一出悲剧似的，苦中有些甜美。无论怎说吧，过去的一切都不可移动；实在，所以可靠；明天的渺茫全仗昨天的实在撑持着，新梦是旧事的拆洗缝补。

对了，我记得她的眼。她死了好多年了，她的眼还活着，在我的心里。这对眼睛替我看守着爱情。当我忙得忘了许多事，甚至于忘了她，这两只眼会忽然在一朵云中，或一汪水里，或一瓣花上，或一线光中，轻轻地一闪，像归燕的翅儿，只须一闪，我便感到无限的春光。我立刻就回到那梦境中，哪一件小事都凄凉，甜美，如同独自在春月下踏着落花。

这双眼所引起的一点爱火，只是极纯的一个小火苗，像心中的一点晚霞，晚霞的结晶。它可以烧明了流水远山，照明了春花秋叶，给海浪一些金光，可是它恰好地也能在我心中，照明了我的泪珠。

它们只有两个神情：一个是凝视，极短极快，可是千真万确的是凝视。只微微地一看，就看到我的灵魂，把一切都无声地告诉给了我。凝视，一点也不错，我知道她只需极短极快的一看，看的动作过去了，极快地过去了，可是，她心里看着我呢，不定看多么久呢；我到底得管这叫作凝视，不论它是多么快，多么短。一切的诗文都用不着，这一眼便道尽了"爱"所会说的与所会作的。另一个是眼珠横着一移动，由微笑移动到微笑里去，在处女的尊严中笑出一点点被爱逗出的轻佻，由热情中笑出一点点无法抑制的高兴。

我没和她说过一句话，没握过一次手，见面连点头都不点。可是我的一切，她知道；她的一切，我知道。我们用不着看彼此的服装，用不着打听彼此的身世，我们一眼看到一粒珍珠，藏在彼此的心里；这一点点便是我们的一切，那些七零八碎的东西都是配搭，都无须注意。看我一眼，她低着头轻快地走过去，把一点微笑留在她身后的空气中，像太阳落后还留下一些明霞。

我们彼此躲避着，同时彼此愿马上搂抱在一处。我们轻轻地哀叹；忽然遇见了，那么凝视一下，登时欢喜起来，身上像减了分量，每一步都走得轻快有力，像要跳起来的样子。

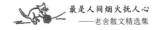

我们极愿意说一句话，可是我们很怕交谈，说什么呢？哪一个日常的俗字能道出我们的心事呢？让我们不开口，永不开口吧！我们的对视与微笑是永生的，是完全的，其余的一切都是破碎微弱，不值得一做的。

我们分离有许多年了，她还是那么秀美，那么多情，在我的心里。她将永远不老，永远只向我一个人微笑。在我的梦中，我常常看见她，一个甜美的梦是最真实，最纯洁，最完美的。多少人生中的小困苦小折磨使我丧气，使我轻看生命。可是，那个微笑与眼神忽然地从哪儿飞来，我想起唯有"人面桃花相映红"方可比拟的一点心情与境界，我忘了困苦，我不再丧气，我恢复了青春；无疑的，我在她的洁白的梦中，必定还是个美少年呀。

春在燕的翅上，把春光颤得更明了一些，同样，我的青春在她的眼里，永远使我的血温暖，像土中的一颗子粒，永远想发出一个小小的绿芽。一粒小豆那么小的一点爱情，眼珠一移，嘴唇一动，日月都没有了作用，到无论什么时候，我们总是一对刚开开的春花。

不要再说什么，不要再说什么！我的烦恼也是香甜的啊，因为她那么看过我！

载一九三七年六月十日《谈风》第十六期

自述

抗战第一年的深秋,我带了五十块钱,由济南跑到汉口。一晃儿,四年了!

妻是深明大义的。平日,她的胆子并不大。可是,当我要走的那天,铺子关上了门,飞机整天在飞鸣,人心恐慌到极度,她却把泪落在肚中,沉静的给我打点行李。她晓得必须放我走,所以不便再说什么。四年没听见她的语声了,沉毅的静默,将永远使我坚强!

儿女都小,不懂别离之苦。小乙帮助妈妈给爸爸拾收东西,而适足以妨碍妈妈。我叱了他一声,他撇了撇嘴,没敢哭出来。至今,我觉得对不起小乙;现在他大概已经学会写几个字了吧?

四年了,每一空闲下来,必然的想起离济南时妻的沉静,与小乙的被叱要哭;想到,泪也就来到;可是,抗战期间,似乎应把个人的难过都忍在心中,不当以泪洗面;我不敢哭。同时,我

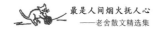

总设法教自己忙碌；没有空闲，也就没有了闲愁。

要把相当忙碌的四年中所经历的一切都写下来，恐怕不大容易；挑选着说一点吧：

一、我的苦恼：自幼就穷，惯于吃苦。可是，自幼就好洁净，虽在病中也不肯不洗手洗脸，衣服不怕破烂，只怕脏。抗战中，我连好清洁的习惯也不能保持了，很难过。

既爱清洁，很自然也就爱秩序。饮食起卧都有定时，一切东西都有一定的地位。秩序一乱，我就头昏，没法写作。抗战四年，我没有写出很多的文章来，写出的一点也十分拙劣，恐怕没有秩序是个很重要的原因。

爱洁净秩序的人往往好安静。我就是那样。不大爱热闹，不喜欢见生人。可是，在抗战中，没法把自己隐藏起来，什么地方都须去，什么生人都须见，不管我愿意不愿意。设若我能自主，我一定会躲到深山里去。可是流亡四方，原为作一点有益于抗战的事，怎能藏起去呢？也许还有人说我风头十足呢？咱们心里分明；个人内心的痛苦是用不着报告给不关切他的人的。

按理说，上述一些小苦恼本算不了什么。比起抗战将士所受的苦处，这真是微乎其微了。不过，假若我是作着别的事，我想一定不会抱怨什么；我要写作，这就不同了。写作有许多条件，个人的习惯也得算一个。把我放在一个毫无秩序的地方，我实在无法工作。啊，一个人是多么不易适应环境呀！我真钦佩羡慕那些战地的文艺工作者和新闻记者，他们即便是爬在土壕里，还能写他们的笔记或报告。我愿自己也有这种本领！战时的文人，据我看，不但要有文艺上的修养，还须有体质上的准备，"文弱"是战时文人的坏的形容词！可惜，我已年过四十，求不生疾病已属不易；要说一时就把自己练成运动家的模样，或者近乎梦想了。盼望青年文人们都注意到身体！

好清洁与爱秩序绝不是恶劣的习惯，我想不会有人以为我是要养尊处优的去吟风弄月。我之所以提到因不能保持这并不是要不得的习惯而感到苦恼者，倒是为说明假若我有健壮的身体，我就可以连这点苦恼也渐次消灭，使生活的不安毫不影响到我的工作。同时，我还要借此说明：这四年来，我已经没有什么私生活可言。家眷不在我的身边，住处无定，起睡没有定时；别人教我怎样，我就怎样，没有哪一天可以算作我自己的。就是自己的工作，有时候也不能自主；我生活在团体里，我的写作也就往往受人之托，别人出题，我去写。这种没有私生活的生活，给我许多苦痛，可是渐渐的也习惯下来。为了抗战，许多写家是这样的活着；人家既能忍受，我就也得忍受；战争带来的苦难，每一个人都应当分担一些。至于说这种生活妨碍了写作，自然使我最感不快，可是社会上既还没想到文字的事业应当在安静方便的处所去

作,而给文人们预备一个工作室,我就只好在忙乱与嘈杂的缝子中,忙里偷闲的去写一点。写不出好东西,还是我自己来负责,不怨别人——要怨,也似乎只好怨自己没有牛一般的力气吧。

二、我的欣悦:抗战以前我不是在青岛,便是在济南,连北平也不大常去。因此,平沪两大文艺本营的工作者,认识我的很少。抗战后,有了见面的机会,我交了许多的朋友。前面说过,我羞见生人;文人中自然也有不少生人,可是我不怕见他们,且愿交为朋友,因为既同是文人,自有相近之处,人虽生,而气味似久已相投,恨未一面耳。

单单是大家呼兄唤弟,不但没有用处,而且也显着肉麻。我的朋友增多,每个人都有他的经验与特长,这才是学习与研究的好机会呀,这才使我欣喜呀!我们谈,我们相互批评,于是我的胆子大起来。不会写剧本么?去讨教!写得不好么?请大家批评!就是在这种友谊中,我才开始练习写诗歌与剧本。除了个人的获得,我也为整个的文艺界欣喜,因为互相教导与批评的风气在抗战中造成,一定不会因抗战胜利而消灭;那么,这种好风气的继续存在,也就是文艺能进步不停的保证。

有了这个欣喜,便克服了一切的小烦恼。什么衣服无人补啊,饿冷无人问啊,都是小事,都是小事!我是干文艺的人,只要在文艺上有所获得,便是获得了生命中最善的努力与成就,虽死不怨。

我希望还能再活二十年。这二十年中须再写出像点样子的十本或十多本作品。这些作品将是在写完以后，约请文友详加批评，而后细细修改；而后再评再改，直到大家与我都满意了才去付印。有今日的欣喜，我相信这对来日的希冀不是个梦想。

三、我的态度：从家里跑出来，是为作一点有助于抗战的事。能作多少，作得好坏，都是才力的问题；我晓得自己的才薄力微，但求不变此心，不问收获多寡。四年来，我已没有了私生活；这使我苦痛，可也使我更努力作事；我不怕被称为无才无能，而怕被识为苟且敷衍。被苦痛所压倒是软弱，软弱到相当的程度便会自暴自弃；这，非我所甘心。我永远不会成为英雄，只求有几分英雄气概；至少须消极的把受苦视为当然，而后用事实表现一点积极的向上精神。

有了此态度；我要作什么就极容易决定了。我所要作的必是我所能作的；我能写点小说之类的东西；那么，写作便是我的无容犹豫的工作。同时，妨碍写作的事也必须避免。作编辑，专心去看别人的文字，便没有时间写自己的，我不干。作教员，即使不管误人子弟与否，一面教书，一面写书，总不会是相得益彰的事，我不干。作官，公事房大概不是什么理想的写作的地方，我不干。削去这些枝节，即使本干还是很单细，但总有可以渐次坚实起来的希望;这个希望我抱定了笔与纸不放手。

幸而我的家眷没有跟着我!假若他们是在我的身边,我虽终日不舍纸笔,恐怕为了油盐酱醋,也要耽搁许多时间,耗费许多精神。说不定,还许为了煤米柴炭去作编辑,教员,或小官。我感激我的妻!

在抗战前,正如在抗战后,我的志愿不大——只求就我所能作的作出一点事来。抗战后之所以异于抗战前者,就是抗战前生活有规律,抗战后生活比较的散漫。生活的没有严整的秩序,影响到我的工作;可是,生活的简单使我心中清楚,虽然感到小小的苦恼,而不至于使我悲观与灰心。同时,我所能作到的,总愿多作出来一些;不能作的我决不轻举妄动。这样,我可以在一方面像耕牛似的慢慢的犁着田,在另一方面我抱定不随便生气动怒的主意。假若我被人骂了一顿,我必检讨自己一番;骂得对呢,我须接受;骂得不对,便一笑置之。无论如何,我不还口。以骂还骂,有时候或者是必要的,但是我不愿这样作。因为我所能作的是写一点小说剧本之类的东西,而骂人并不能与小说剧本相并列,所以即使我会骂人,我也不想开口。我未必能把小说剧本等写得很好,可是我准知道即使骂人骂得极俏皮厉害,也不能代替我那不很好的小说与剧本。因此,假若今天在某刊物或报纸上有骂我的文字,而明天那个刊物或报纸来教我写文章,我还是毫不

第二章
幸得诸君慰此生

迟疑的给它写；后来，它又骂了；大后天，再教我写，我还是毫不迟疑的去写。我写不出很好的文章来，但是我总求它有一点文艺性，这才能由学习而逐渐获得一点好的经验。世界上有很好的骂人文字，永垂不朽，但是，并不很多。我没有骂人的天才，所以写诟骂的文字不见得是上算的事；假若我的一本小说可以传到十年百年，我的一篇骂人的短文也不过只能快意一时而已。我想证明在今天有几个能写骂人文字的人，而且能永垂不朽，给我们的文艺增添一点光采。可是，这种文字极难写，非有极高的天才与识见不行。若是破口骂骂别人，以增自己的威风，居心已愧，必定骂不出什么名堂，而只虚耗了纸笔，在抗战期中（或在任何时期），实无可取！

表白自己或者是件讨厌的事。好了我不再多列条目。在第一条里，我说明了自己的苦痛何在，和怎样就可以克服这种苦痛——身体强的才能有充足的战斗力。第二条中，我道出自己的欣喜。这欣喜不是什么利益，而是好学习的心志遇到了可以学习的机会，足以使我更坚定的作个职业的写家，从今天直到入墓。第三条是第一、二两条的产物。我苦痛，就应设法坚强自己，以期继续的工作。我欣喜，就更当削减一切冗叶繁枝，使自己真能成为文艺之林中的一株有出息的小树。

这苦恼，这欣喜，与这由苦乐中决定的态度，是四年来生活

的实录,不是空想。既是自己生活的实录,就不求别人来批评,因为我只觉得自己这么作是对的,并不希望别人也照方吃一剂。至于这些事实都与抗战有关与否,我觉得十分惭愧:我真愿为国家出力,作出一番轰轰烈烈的事业来,可是因才力所限,因一向没有显身扬名的宏愿,我仅能在文字上表现一点爱国的诚心。从各尽其力的道理来说,我总算没有偷闲偷懒;从报国救亡上来说,我只有惭愧!

载一九四一年七月七日《大公报》

怀友

虽然家在北平,可是已有十六七年没在北平住过一季以上了。因此,对于北平的文艺界朋友就多不相识。

不喜上海,当然不常去,去了也马上就走开,所以对上海的文艺工作者认识的也很少。

有三次聚会是终生忘不掉的:一次是在北平,杨今甫与沈从文两先生请吃饭,客有两桌,酒是满坛;多么快活的日子啊!今甫先生拳高量雅,喊起来大有威风。从文先生的拳也不弱,杀得我只有招架之功,并无还手之力。那快乐的日子,我被写家们困在酒阵里!最勇敢的是叶公超先生,声高手快,连连挑战。朱光潜先生拳如其文,结结实实,一字不苟。朱自清先生不慌不忙,和蔼可爱。林徽音女士不动酒,可是很会讲话。几位不吃酒的,谈古道今,亦不寂寞,有罗膺中先生,黎锦明先生,罗莘田先生,魏建功先生……其中,莘田是我自幼的同学,我俩曾对揪

小辫打架,也一同逃学去听《施公案》。他的酒量不大,那天也陪了我几杯,多么快乐的日子!这次遇到的朋友,现在大多数是在昆明,每个人都跑了几千里路。他们都最爱北平,而含泪逃出北平;什么京派不京派,他们的气节不比别人低一点呀!那次还有周作人先生,头一回见面,他现在可是还在北平,多么伤心的事!

第二次是在上海,林语堂与邵洵美先生请客,我会到沈有乾,简又文诸先生。第三次是郑振铎先生请吃饭,我遇到茅盾,巴金,黎烈文,徐调孚,叶圣陶诸位先生。这些位写家们,在抗战中,我只会到了三位:简又文、圣陶与茅盾。在上海的,连信也不便多写,在别处的,又去来无定,无从通信。不过,可以放心的,他们都没有逃避,都没有偷闲,由友人们的报告,知道他们都勤苦地操作,比战前更努力。那可纪念的酒宴,等咱们打退了敌人是要再来一次呀!今日,我们不教酒杯碰着手,胜利是须"争"取来的啊!我们须紧握着我们的武器!

在山东住了整七年。在济南,认识了马彦祥与顾绶昌先生。在青岛,和洪深,孟超,王余杞,臧克家,杜宇,刘西蒙,王统照诸先生常在一处,而且还合编过一个暑期的小刊物。洪深先生在春天就离开青岛,孟超与杜宇先生是和我前后脚在七七以后走开的。多么可爱的统照啊,每次他由上海回家——家就在青岛——必和我喝几杯苦露酒。苦露，难道这酒名的不祥遂使我们有这长别离么？不，不是！那每到夏天必来示威的日本舰队——七十几艘，黑乎乎的把前海完全遮住，看不见了那青青的星岛——才是不祥之物呀！日本军阀不被打倒，我们的命都难全，还说什么朋友与苦露酒呢？

朋友们，我常常想念你们！在想念你们的时候，我就也想告诉你们：我在武汉，在重庆，又认识了许多许多文艺界的朋友，都贫苦，可是都快活，因为他们都团结起来，组织了文艺协会，携着手在一处工作。我也得说，他们都时时关切着你们，不但不因为山水相隔而彼此冷淡，反倒是因为隔离而更亲密。到胜利那一天啊，我们必会开一次庆祝大会，山南海北的都来赴会，用酒洗一洗我们的笔，把泪都滴在手背上，当我们握手的时候。那才是我们最快乐的日子啊！胜利不是梦想，快乐来自艰苦，让我们今日受尽了苦处，卖尽了力气，去取得胜利与快乐吧！

载一九三九年四月《抗战文艺》第四卷第一期

英国人

据我看,一个人即使承认英国人民有许多好处,大概也不会因为这个而乐意和他们交朋友。自然,一个有金钱与地位的人,走到哪里也会受欢迎;不过,在英国也比在别国多些限制。比如以地位说吧,假如一个作讲师或助教的,要是到了德国或法国,一定会有些人称呼他"教授"。不管是出于诚心吧,还是捧场;反正这是承认教师有相当的地位,是很显然的,在英国,除非他真正是位教授,绝不会有人来招呼他。而且,这位教授假若不是牛津或剑桥的,也就还差点劲儿。贵族也是如此,似乎只有英国国产贵族才能算数儿。

至于一个平常人,尽管在伦敦或其他的地方住上十年八载,也未必能交上一个朋友。是的,我们必须先交代明白,在资本主义的社会里,大家一天到晚为生活而奔忙,实在找不出闲工夫去交朋友;欧西各国都是如此,英国并非例外。不过,即使我们

第二章
幸得诸君慰此生

承认这个,可是英国人还有些特别的地方,使他们更难接近。一个法国人见着个生人,能够非常的亲热,越是因为这个生人的法国话讲得不好,他才越愿指导他。英国人呢,他以为天下没有会讲英语的,除了他们自己,他干脆不愿答理一个生人。一个英国人想不到一个生人可以不明白英国的规矩,而是一见到生人说话行动有不对的地方,马上认为这个人是野蛮,不屑于再招呼他。英国的规矩又偏偏是那么多!他不能想象到别人可以没有这些规矩,而另有一套;不,英国的是一切;设若别处没有那么多的雾,那根本不能算作真正的天气!

除了规矩而外,英国人还有好多不许说的事:家中的事,个人的职业与收入,通通不许说,除非彼此是极亲近的人。一个住在英国的客人,第一要学会那套规矩,第二要别乱打听事儿,第三别谈政治,那么,大家只好谈天气了,而天气又是那么不得人心。自然,英国人很有的说,假若他愿意,他可以讲论赛马、足球、养狗、高尔夫球等等;可是咱又许不大晓得这些事儿。结果呢,只好对愣着。对了,还有宗教呢,这也最好不谈。每个英国人有他自己开阔的到天堂之路,乘早儿不用惹麻烦。连书籍最好也不谈,一般的说,英国人的读书能力与兴趣远不及法国人。能念几本书的差不多就得属于中等阶级,自然我们所愿与谈论书籍的至少是这路人。这路人比谁的成见都大,那么与他们闲话书

籍也是自找无趣的事。多数的中等人拿读书——自然是指小说了——当作一种自己生活理想的佐证。一个普通的少女，长得有个模样，嫁了个驶汽车的；在结婚之夕才证实了，他原来是个贵族，而且承袭了楼上有鬼的旧宫，专是壁上的挂图就值多少百万！读惯这种书的，当然很难想到别的事儿，与他们谈论书籍和捣乱大概没有甚么分别。中上的人自然有些识见了，可是很难遇到啊。况且有些识见的英国人，根本在英国就不大被人看得起；他们连拜伦、雪莱和王尔德还都逐出国外去，我们想跟这样人交朋友——即使有机会——无疑的也会被看作成怪物的。

  我真想不出，彼此不能交谈，怎能成为朋友。自然，也许有人说：不常交谈，那么遇到有事需要彼此的帮忙，便丁对丁，卯对卯的去办好了；彼此有了这样干脆了当的交涉与接触，也能成为朋友，不是吗？是的，求人帮助是必不可免的事，就是在英国也是如是；不过英国人的脾气还是以能不求人为最好。他们的脾气即是这样，他们不求你，你也就不好意思求他了。多数的英国人愿当鲁滨孙，万事不求人。于是他们对别人也就不愿多伸手管事。况且，他们即使愿意帮忙你，他们是那样的沉默简单，事情是给你办了，可是交情仍然谈不到。当一个英国人答应了你办一件事，他必定给你办到。可是，跟他上火车一样，非到车已要开了，他不露面。你别去催他，他有他的稳当劲儿。等办完了事，

第二章
幸得诸君慰此生

他还是不理你,直等到你去谢谢他,他才微笑一笑。到底还是交不上朋友,无论你怎样上前巴结。假若你一个劲儿奉承他或讨他的好,他也许告诉你:"请少来吧,我忙!"这自然不是说,英国就没有一个和气的人。不,绝不是。一个和气的英国人可以说是最有礼貌,最有心路,最体面的人。不过,他的好处只能使你钦佩他,他有好些地方使人不便和他套交情。他的礼貌与体面是一种武器,使人不敢离他太近了。就是顶和气的英国人,也比别人端庄的多;他不喜欢法国式的亲热——你可以看见两个法国男人互吻,可是很少见一个英国人把手放在另一个英国人的肩上,或搂着脖儿。两个很要好的女友在一块儿吃饭,设若有一个因为点儿原故而想把自己的菜让给友人一点,你必会听到那个女友说:"这不是羞辱我吗?"男人就根本不办这样的傻事。是呀,男人对于让酒让烟是极普遍的事,可是只限于烟酒,他们不会肥马轻裘与友共之。

这样讲,好像英国人太别扭了。别扭,不错,可是他们也有好处。你可以永远不与他们交朋友,但你不能不佩服他们。事情都是两面的。英国人不愿轻易替别人出力,他可也不来讨厌你呀。他的确非常高傲,可是你要是也沉住了气,他便要佩服你。一般的说,英国人很正直。他们并不因为自傲而蛮不讲理。对于一个英国人,你要先估量估量他的身分,再看看你自己的价值,

他要是像块石头，你顶好像块大理石；硬碰硬，而你比他更硬。他会承认他的弱点。他能够很体谅人，很大方，但是他不愿露出来；你对他也顶好这样。设若你准知道他要向灯，你就顶好也先向灯，他自然会向火；他喜欢表示自己有独立的意见。他的意见可老是意见，假若你说得有理，到办事的时候他会牺牲自己的意见，而应怎么办就怎么办。你必须知道，他的态度虽是那么沉默孤高，像有心事的老驴似的，可是他心中很能幽默一气。他不轻易向人表示亲热，可也不轻易生气，到他说不过你的时候，他会以一笑了之。这点幽默劲儿使英国人几乎成为可爱的了。他没火气，他不吹牛，虽然他很自傲自尊。

所以，假若英国人成不了你的朋友，他们可是很好相处。他们该办什么就办什么，不必你去套交情；他们不因私交而改变作事该有的态度。他们的自傲使他们对人冷淡，可是也使他们自重。他们的正直使他们对人不客气，可也使他们对事认真。你不能拿他当作吃喝不分的朋友，可是一定能拿他当个很好的公民或办事人。就是他的幽默也不低级讨厌，幽默助成他作个贞脱儿曼（Gentleman，意为绅士），不是弄鬼脸逗笑。他并不老实，可是他大方。

他们不爱着急，所以也不好讲理想。胖子不是一口吃起来的，乌托邦也不是一步就走到的。往坏了说，他们只顾眼前；

往好里说，他们不乌烟瘴气。他们不爱听世界大同，四海兄弟，或那顶大顶大的计划。他们愿一步一步慢慢的走，走到哪里算哪里。成功呢，好；失败呢，再干。英国兵不怕打败仗。英国的一切都好像是在那儿敷衍呢，可是他们在各种事业上并不是不求进步。这种骑马找马的办法常常使人以为他们是狡猾，或守旧；狡猾容或有之，守旧也是真的，可是英国人不在乎，他有他的主意。他深信常识是最可宝贵的，慢慢走着瞧吧。萧伯纳可以把他们骂得狗血喷头，可是他们会说："他是爱尔兰的呀！"他们会随着萧伯纳笑他们自己，但他们到底是他们——萧伯纳连一点办法也没有！

这些，可只是个简单的，大概的，一点由观察得来的印象。一般的说，也许大致不错；应用到某一种或某一个英国人身上，必定有许多欠妥当的地方。概括的论断总是免不了危险的。

载一九三六年九月《西风》第一期

四位先生

吴组缃先生的猪

从青木关到歌乐山一带等处,在我所认识的文友中要算吴组缃先生最为阔绰。他养着一口小花猪。据说,这小动物的身价,值六百元。

每次我去访组缃先生,必附带的向小花猪致敬,因为我与组缃先生核计过了:假若他与我共同登广告卖身,大概也不会有人出六百元来买!

有一天,我又到吴宅去。给小江——组缃先生的少爷——买了几个比醋还酸的桃子。拿着点东西,好搭讪着骗顿饭吃,否则就太不好意思了。一进门,我看见吴太太的脸比晚日还红。我心里一想,便想到了小花猪。假若小花猪丢了,或是出了别的毛病,组缃先生的阔绰便马上不存在了!一打听,果然是为了小花猪:它已绝食一天了。我很着急,急中生智,主张给它点奎宁吃，恐怕是打摆子。大家都不赞同我的主张。我又建议把它抱到床上盖上被子睡一觉，出点汗也许就好了；焉知道不是感冒呢？这年月的猪比人还娇贵呀！大家还是不赞成。后来，把猪医生请来了。我颇兴奋，要看看猪怎么吃药。猪医生把一些草药包在竹筒的大厚皮儿里，使小花猪横衔着，两头儿向后束在脖子上；这样，药味与药汁便慢慢走入里边去。把药包儿束好，小花猪的口中好像生了两个翅膀，倒并不难看。

虽然吴宅有此骚动，我还是在那里吃了午饭——自然稍微的有点不得劲儿！

过了四天，我又去看小花猪——这回是专程探病，绝不为看别人；我知道现在猪的价值有多大！小花猪口中已无那个药包，而且也吃点东西了。大家都很高兴，我就又就棍打腿的骗了顿饭吃，并且提出声明：到冬天，得分给我几斤腊肉；组缃先生与太太没加任何考虑便答应了。吴太太说："几斤？十斤也行！想想看，那天它要是一病不起……"大家听罢，都出了冷汗！

马宗融先生的时间观念

马宗融先生的表大概是，我想是一个装饰品。无论约他开会，还是吃饭，他总迟到一个多钟头，他的表并不慢。

来重庆，他多半是住在白象街的作家书屋。有的说也罢，没的说也罢,他总要谈到夜里两三点钟。假若不是别人都困得不出一声了,他还想不起上床去。有人陪着他谈,他能一直坐到第二天夜里两点钟。表、月亮、太阳,都不能引起他注意到时间。

比如说吧,下午三点他须到观音岩去开会,到两点半他还毫无动静。"宗融兄,不是三点,有会吗?该走了吧?"有人这样提醒他,他马上去戴上帽子,提起那有茶碗口粗的木棒,向外走。"七点吃饭。早回来呀!"大家告诉他。他回答声"一定回来",便匆匆地走出去。

到三点的时候,你若出去,你会看见马宗融先生在门口与一位老太婆,或是两个小学生,谈话儿呢!即使不是这样,他在五点以前也不会走到观音岩。路上每遇到一位熟人,便要谈,至少,十分钟的话。若遇上打架吵嘴的,他得过去解劝,还许把别人劝开,而他与另一位劝架的打起来!遇上某处起火,他得帮着去救。有人追赶扒手,他必然得加入,非捉到不可。看见某种新东西,他得过去问问价钱,不管买与不买。看到戏报子,马上他去借电话,问还有票没有……这样,他从白象街到观音岩,可以走一天,幸而他记得开会那件事,所以只走两三个钟头!到了开会的地方,即使大家已经散了会,他也得坐两点钟,他跟谁都谈得来,都谈得很有趣,很亲切,很细腻。有人随便哼了一句二黄,他立刻请教给他;有人刚买一条绳子,他马上拿过来练习跳绳——五十岁了啊!

七点,他想起来回白象街吃饭,归路上,又照样的劝架,救火,追贼,问物价,打电话……至早,他在八点半左右走到目的地。满头大汗,三步当作两步走的,他走了进来。饭早已开过了。

所以,我们与友人定约会的时候,若说随便什么时间,早晨也好,晚上也好,反正我一天不出门,你哪时来也可以,我们便说"马宗融的时间吧"!

姚蓬子先生的砚台

作家书屋是个神秘的地方,不信你交到那里一份文稿,而三五日后再亲自去索回,你就必定不说我扯谎了。

进到书屋,十之八九你找不到书屋的主人——姚蓬子先生。他不定在哪里藏着呢。他的被褥是稿子,他的枕头是稿子,他的桌上、椅上、窗台上……全是稿子。简单的说吧,他被稿子埋起来了。当你要稿子的时候,你可以看见一个奇迹。假如说尊稿是十张纸写的吧,书屋主人会由枕头底下翻出两张,由裤袋里掏出三张,书架里找出两张,窗子上揭下一张,还欠两张。你别忙,他会由老鼠洞里拉出那两张,一点也不少。

单说蓬子先生的那块砚台,也足够惊人了!那是块是无法形

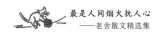

容的石砚。不圆不方,有许多角儿,而没有任何角度。有一点沿儿,豁口甚多,底子最奇,四周翘起,中间的一点凸出,如元宝之背,它会像陀螺似的在桌上乱转,还会一头高一头低地倾斜,如浪中之船。我老以为孙悟空就是由这块石头跳出去的!

到磨墨的时候,它会由桌子这一端滚到那一端,而且响如快跑的马车。我每晚十时必就寝,而对门儿书屋的主人要办事办到天亮。从十时到天亮,他至少研十次墨,一次比一次响——到夜最静的时候,大概连南岸都感到一点震动。从我到白象街起,我没做过一个好梦,刚一入梦,砚台来了一阵雷雨,梦为之断。在夏天,砚一响,我就起来拿臭虫。冬天可就不好办,只好咳嗽几声,使之闻之。

现在,我已交给作家书屋一本书,等到出版,我必定破费几十元,送给书屋主人一块平底的,不出声的砚台!

何容先生的戒烟

首先要声明:这里所说的烟是香烟,不是鸦片。

从武汉到重庆,我老同何容先生在一间屋子里,一直到前年八月间。在武汉的时候,我们都吸"大前门"或"使馆"牌;小大"英"似乎都不够味儿。到了重庆,小大"英"似乎变了质,越来越"够"味儿了,"前门"与"使馆"倒仿佛没了什么意思。慢慢的,"刀"牌与"哈德门"又变成我们的朋友,而与小大"英",不管是谁的主动吧,好像冷淡得日甚一日,不久,"刀"牌与"哈德门"又与我们发生了意见,差不多要绝交的样子。何容先生就决心戒烟!

在他戒烟之前,我已声明过:"先上吊,后戒烟!"本来吗,"弃妇抛雏"的流亡在外,吃不敢进大三元,喝么也不过是清一色(黄酒贵,只好吃点白干),女友不敢去交,男友一律是穷光蛋,住是二人一室,睡是臭虫满床,再不吸两枝香烟,还活着干吗?可是,一看何容先生戒烟,我到底受了感动,既觉自己无勇,又钦佩他的伟大;所以,他在屋里,我几乎不敢动手取烟,以免动摇他的坚决!

何容先生那天睡了十六个钟头,一枝烟没吸!醒来,已是黄昏,他便独自走出去。我没敢陪他出去,怕不留神递给他一枝烟,破了戒!掌灯之后,他回来了,满面红光,含着笑,从口袋中掏出一包土产卷烟来。"你尝尝这个,"他客气地让我,"才一个铜板一枝!有这个,似乎就不必戒烟了!没有必要!"把烟接过来,我没敢说什么,怕伤了他的尊严。面对面的,把烟燃上,我俩细细地欣赏。头一口就惊人,冒的是黄烟,我以为他误把爆竹买来了!听了一会儿,还好,并没有爆炸,就放胆继续地吸。吸了不到四五口,我看见蚊子都争着向外边飞,我很高兴。

既吸烟,又驱蚊,太可贵了!再吸几口之后,墙上又发现了臭虫,大概也要搬家,我更高兴了!吸到了半支,何容先生与我也跑出去了,他低声地说:"看样子,还得戒烟!"

何容先生二次戒烟,有半天之久。当天的下午,他买来了烟斗与烟叶。"几毛钱的烟叶,够吃三四天的,何必一定戒烟呢!"他说。吸了几天的烟斗,他发现了:(一)不便携带;(二)不用力,抽不到;用力,烟油射在舌头上;(三)费洋火;(四)须天天收拾,麻烦!有此四弊,他就戒烟斗,而又吸上香烟了。"始作卷烟者,其无后乎!"他说。

最近二年,何容先生不知戒了多少次烟了,而指头上始终是黄的。

载一九四二年六月二十二、二十三、二十四、二十五日《新民报晚刊》

自传难写

自古道：今儿个晚上脱了鞋，不知明日穿不穿；天有不测的风云啊！为留名千古，似应早早写下自传；自己不传，而等别人偏劳，谈何容易！以我自己说吧，眼看就快四十了，万一在最近的将来来有个山高水远，还没写下自传，岂不是大大的一个缺憾！

可是，说起来就有点难受。自传不难哪，自要有好材料。材料好办；"好材料"，哼，难！自传的头一章是不是应当叙说家庭族系等等？自然是。人由何处生，水从哪儿来，总得说个分明。依写传的惯例说，得略述五千年前的祖宗是纯粹"国种"，然后详道上三辈的官衔，功德与著作。至少也得来个"清封大夫"的父亲，与"出自名门"的母亲。没有这么适合体裁的双亲，写出去岂不叫人笑掉门牙！您看，这一招儿就把咱撅个对头弯；咱没有这种父母，而且准知道五千年前的祖宗不见得比我高明。好意思大书特书"清封普罗大夫"，与"出自不名之门"

么？就是有这个勇气，也危险呀：普罗大夫之子共党耳，推出斩首，岂不糟了？英雄不怕出身低，可也得先变成英雄啊。汉刘邦是小小的亭长，淮阴侯也讨过饭吃，可是人家都成了英雄，自然有人捧场喝彩。咱是不是英雄？对镜审查，不大像！

自传的头一章根本没着落。

再说第二章吧。这儿应说怎么降生：怎么在胎中多住了三个多月，怎么产房闹妖精，怎么天上落星星，怎么生下来啼声如豹，怎么左手拿着块现洋……我细问过母亲，这些事一概没有。母亲只说：生下来奶不足，常贴吃糕干——所以到如今还有时候一阵阵的发糊涂。

第二章又可以休矣。

第三章得说幼年入学的光景喽。"幼怀大志，寡言笑，囊萤刺股……"这多么好听！可是咱呢，不记得有过大志，而是见别人吃糖馅烧饼就馋得慌——到如今也没完全改掉。逃学的事倒不常干。而挨手板与罚跪说起来似乎并不光荣。第三章，即使勉强写出，也不体面。

没有前三章，只好由第四章写了，先不管有这样的书没有。这一章应写青春时期。更难下笔。假如专为泄气，又何必自传；当然得吹腾着点儿。事情就奇怪，想吹都吹不起来。人家牛顿先生看苹果落地就想起那么多典故来，我看见苹果落地——不，不等它落地就摘下来往嘴里送。青春时期如此，现在也没长进多少，不但没作过惊天动地的事，而且没有存过惊天动地的心。偶尔大喊一声，天并不惊；跺地两脚，地也不动。第四章又是糖心的炸弹，没响儿！

以下就不用说了，伤心！

自传呢，下世再说。好在马上为善，或者还不太晚，多积点阴功，下辈子咱也生在贵族之家，专是自传的第一章就能写八万字。气死无数小布尔乔亚。等着吧，这个事是急不得的。

载一九三四年一月《大众画报》第三期

第三章
人间山河踏遍

多少春光轻易去?
无言花鸟夜如秋。

想北平

设若让我写一本小说,以北平作背景,我不至于害怕,因为我可以捡着我知道的写,而躲开我所不知道的。让我单摆浮搁的讲一套北平,我没办法。北平的地方那么大,事情那么多,我知道的真觉太少了,虽然我生在那里,一直到廿七岁才离开。以名胜说,我没到过陶然亭,这多可笑!以此类推,我所知道的那点只是"我的北平",而我的北平大概等于牛的一毛。

可是,我真爱北平。这个爱几乎是要说而说不出的。我爱我的母亲。怎样爱?我说不出。在我想做一件事讨她老人家喜欢的时候,我独自微微的笑着;在我想到她的健康而不放心的时候,我欲落泪。言语是不够表现我的心情的,只有独自微笑或落泪才足以把内心揭露在外面一些来。我之爱北平也近乎这个。夸奖这个古城的某一点是容易的,可是那就把北平看得太小了。我所爱的北平不是枝枝节节的一些什么,而是整个儿与我的心灵相黏合的一段历史,一大块地方,多少风景名胜,从雨后什刹海的蜻蜓一直到我梦里的玉泉山的塔影,都积凑到一块,每一小的事件中有个我,我的每一思念中有个北平,这只有说不出而已。

真愿成为诗人,把一切好听好看的字都浸在自己的心血里,像杜鹃似的啼出北平的俊伟。啊!我不是诗人!我将永远道不出我的爱,一种像由音乐与图画所引起的爱。这不但是辜负了北平,也对不住我自己,因为我的最初的知识与印象都得自北平,它是在我的血里,我的性格与脾气里有许多地方是这古城所赐给的。我不能爱上海与天津,因为我心中有个北平。可是我说不出来!

伦敦,巴黎,罗马与堪司坦丁堡,曾被称为欧洲的四大"历史的都城"。我知道一些伦敦的情形;巴黎与罗马只是到过而已;堪司坦丁堡根本没有去过。就伦敦,巴黎,罗马来说,巴黎更近似北平——虽然"近似"两字要拉扯得很远——不过,假使让我"家住巴黎",我一定会和没有家一样的感到寂苦。巴黎,据我看,还太热闹。自然,那里也有空旷静寂的地方,可是又未免太旷;不像北平那样既复杂而又有个边际,使我能摸着——那长着红酸枣的老城墙!面向着积水潭,背后是城墙,坐在石上看水中的小蝌蚪或苇叶上的嫩蜻蜓,我可以快乐的坐一天,心中完全安适,无所求也无可怕,像小儿安睡在摇篮里。是的,北平也

有热闹的地方,但是它和太极拳相似,动中有静。巴黎有许多地方使人疲乏,所以咖啡与酒是必要的,以便刺激;在北平,有温和的香片茶就够了。

论说巴黎的布置已比伦敦罗马匀调的多了,可是比上北平,还差点事儿。北平在人为之中显出自然,几乎是什么地方既不挤得慌,又不太僻静:最小的胡同里的房子也有院子与树;最空旷的地方也离买卖街与住宅区不远。这种分配法可以算——在我的经验中——天下第一了。北平的好处不在处处设备得完全,而在它处处有空儿,可以使人自由的喘气;不在有好些美丽的建筑,而在建筑的四周都有空闲的地方,使它们成为美景。每一个城楼,每一个牌楼,都可以从老远就看见。况且在街上还可以看见北山与西山呢!

好学的,爱古物的,人们自然喜欢北平,因为这里书多古物多。我不好学,也没钱买古物。对于物质上,我却喜爱北平的花多菜多果子多。花草是种费钱的玩意,可是此地的"草花儿"很便宜,而且家家有院子,可以花不多的钱而种一院子花,即使算不了什么,可是到底可爱呀。墙上的牵牛,墙根的靠山竹与草茉莉,是多么省钱省事而也足以招来蝴蝶呀!至于青菜,白菜,扁豆,毛豆角,黄瓜,菠菜等等,大多数是直接由城外担来而送到家门口的。雨后,韭菜叶上还往往带着雨时溅起的泥点。青菜摊子上的红红绿绿几乎有诗似的美丽。果子有不少是由西山与北山来的，西山的沙果，海棠，北山的黑枣，柿子，进了城还带着一层白霜呀！哼，美国的橘子包着纸，遇到北平的带霜儿的玉李，还不愧杀！

是的，北平是个都城，而能有好多自己产生的花，菜，水果，这就使人更接近了自然。从它里面说，它没有像伦敦的那些成天冒烟的工厂；从外面说，它紧连着园林，菜圃与农村。采菊东篱下，在这里，确是可以悠然见南山的；大概把"南"字变个"西"或"北"，也没有多少了不得的吧。像我这样的一个贫寒的人，或者只有在北平能享受一点清福了。

好，不再说了吧；要落泪了，真想念北平呀！

载一九三六年六月十六日《宇宙风》第十九期

济南的冬天

对于一个在北平住惯的人,像我,冬天要是不刮大风,便是奇迹;济南的冬天是没有风声的。对于一个刚由伦敦回来的,像我,冬天要能看得见日光,便是怪事;济南的冬天是响晴的。自然,在热带的地方,日光是永远那么毒,响亮的天气反有点叫人害怕。可是,在北中国的冬天,而能有温晴的天气,济南真得算个宝地。

设若单单是有阳光,那也算不了出奇。请闭上眼想:一个老城,有山有水,全在蓝天下很暖和安适的睡着;只等春风来把他们唤醒,这是不是个理想的境界?

小山整把济南围了个圈儿,只有北边缺着点口儿,这一圈小山在冬天特别可爱,好像是把济南放在一个小摇篮里,它们全安静不动的低声的说:你们放心吧,这儿准保暖和。真的,济南的

第三章
人间山河踏遍

人们在冬天是面上含笑的。他们一看那些小山，心中便觉得有了着落，有了依靠。他们由天上看到山上，便不觉的想起：明天也许就是春天了吧？这样的温暖，今天夜里山草也许就绿起来吧？就是这点幻想不能一时实现，他们也并不着急，因为有这样慈善的冬天，干啥还希望别的呢。

最妙的是下点小雪呀。看吧，山上的矮松越发的青黑，树尖上顶着一髻儿白花，像些小日本看护妇。山尖全白了，给蓝天镶上一道银边。山坡上有的地方雪厚点，有的地方草色还露着，这样，一道儿白，一道儿暗黄，给山们穿上一件带水纹的花衣；看着看着，这件花衣好像被风儿吹动，叫你希望看见一点更美的山的肌肤。等到快日落的时候，微黄的阳光斜射在山腰上，那点薄雪好像忽然害了羞，微微露出点粉色。就是下小雪吧，济南是受不住大雪的，那些小山太秀气。

古老的济南，城内那么狭窄，城外又那么宽敞，山坡上卧着些小村庄，小村庄的房顶上卧着点雪，对，这是张小水墨画，或者是唐代的名手画的吧。

那水呢，不但不结冰，反倒在绿藻上冒着点热气。水藻真绿，把终年贮蓄的绿色全拿出来了。天儿越晴，水藻越绿，就凭这些绿的精神，水也不忍得冻上；况且那长枝的垂柳还要在水

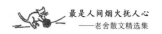

里照个影儿呢。看吧,由澄清的河水慢慢往上看吧,空中,半空中,天上,自上而下全是那么清亮,那么蓝汪汪的,整个的是块空灵的蓝水晶。这块水晶里,包着红屋顶,黄草山,像地毯上的小团花的小灰色树影;这就是冬天的济南。

节选自《一些印象》载一九三一年三月至六月《齐大月刊》第一卷

济南的秋天

　　济南的秋天是诗境的。设若你的幻想中有个中古的老城,有睡着了的大城楼,有狭窄的古石路,有宽厚的石城墙,环城流着一道清溪,倒映着山影,岸上蹲着红袍绿裤的小妞儿。你的幻想中要是这么个境界,那便是个济南。设若你幻想不出——许多人是不会幻想的——请到济南来看看吧。

　　请你在秋天来。那城,那河,那古路,那山影,是终年给你预备着的。可是,加上济南的秋色,济南由古朴的画境转入静美的诗境中了。这个诗意秋光秋色是济南独有的。上帝把夏天的艺术赐给瑞士,把春天的赐给西湖,秋和冬的全赐给了济南。秋和冬是不好分开的,秋睡熟了一点便是冬,上帝不愿意把它忽然唤醒,所以作个整人情,连秋带冬全给了济南。

　　诗的境界中必须有山有水。那么,请看济南吧。那颜色不同,方向不同,高矮不同的山,在秋色中便越发的不同了。以颜

色说吧,山腰中的松树是青黑的,加上秋阳的斜射,那片青黑便多出些比灰色深,比黑色浅的颜色,把旁边的黄草盖成一层灰中透黄的阴影。山脚是镶着各色条子的,一层层的,有的黄,有的灰,有的绿,有的似乎是藕荷色儿。山顶上的色儿也随着太阳的转移而不同。山顶的颜色不同还不重要,山腰中的颜色不同才真叫人想作几句诗。山腰中的颜色是永远在那儿变动,特别是在秋天,那阳光能够忽然清凉一会儿,忽然又温暖一会儿,这个变动并不激烈,可是山上的颜色觉得出这个变化,而立刻随着变换。忽然黄色更真了一些,忽然又暗了一些,忽然像有层看不见的薄雾在那儿流动,忽然像有股细风替"自然"调合着彩色,轻轻的抹上一层各色俱全而全是淡美的色道儿。有这样的山,再配上那蓝的天,晴暖的阳光;蓝得像要由蓝变绿了,可又没完全绿了;晴暖得要发燥了,可是有点凉风,正像诗一样的温柔;这便是济南的秋。况且因为颜色的不同,那山的高低也更显然了。高的更高了些,低的更低了些,山的棱角曲线在晴空中更真了,更分明了,更瘦硬了。看山顶上那个塔!

再看水。以量说,以质说,以形式说,哪儿的水能比济南?有泉——到处是泉——有河,有湖,这是由形式上分。不管是泉是河是湖,全是那么清,全是那么甜,哎呀,济南是"自然"的 sweet heart 吧?大明湖夏日的莲花,城河的绿柳,自然是美好的了。可是看水，是要看秋水的。济南有秋山，又有秋水，这个秋才算个秋，因为秋神是在济南住家的。先不用说别的，只说水中的绿藻吧。那份儿绿色，除了上帝心中的绿色，恐怕没有别的东西能比拟的。这种鲜绿色借着水的清澄显露出来，好像美人借着镜子鉴赏自己的美。是的，这些绿藻是自己享受那水的甜美呢，不是为谁看的。它们知道它们那点绿的心事，它们终年在那儿吻着水皮，做着绿色的香梦。淘气的鸭子，用黄金的脚掌碰它们一两下。浣女的影儿，吻它们的绿叶一两下。只有这个，是它们的香甜的烦恼。羡慕死诗人呀！

在秋天，水和蓝天一样的清凉。天上微微有些白云，水上微微有些波皱。天水之间，全是清明，温暖的空气，带着一点桂花的香味。山影儿也更真了。秋山秋水虚幻的吻着。山儿不动，水儿微响。那中古的老城，带着这片秋色秋声，是济南，是诗。

节选自《一些印象》载一九三一年三月至六月《齐大月刊》第一卷

大明湖之春

北方的春本来就不长，还往往被狂风给七手八脚的刮了走。济南的桃李丁香与海棠什么的，差不多年年被黄风吹得一干二净，地暗天昏，落花与黄沙卷在一处，再睁眼时，春已过去了！记得有一回，正是丁香乍开的时候，也就是下午两三点钟吧，屋中就非点灯不可了；风是一阵比一阵大，天色由灰而黄，而深黄，而黑黄，而漆黑，黑得可怕。第二天去看院中的两株紫丁香，花已像煮过一回，嫩叶几乎全破了！济南的秋冬，风倒很少，大概都留在春天刮呢。

有这样的风在这儿等着，济南简直可以说没有春天；那么，大明湖之春更无从说起。

济南的三大名胜，名字都起得好：千佛山，趵突泉，大明湖，都多么响亮好听！一听到"大明湖"这三个字，便联想到春光明媚和湖光山色等等，而心中浮现出一幅美景来。事实上，可

第三章
人间山河踏遍

是，它既不大，又不明，也不湖。

湖中现在已不是一片清水，而是用坝划开的多少块"地"。"地"外留着几条沟，游艇沿沟而行，即是逛湖。水田不需要多么深的水，所以水黑而不清；也不要急流，所以水定而无波。东一块莲，西一块蒲，土坝挡住了水，蒲苇又遮住了莲，一望无景，只见高高低低的"庄稼"。艇行沟内，如穿高粱地然，热气腾腾，碰巧了还臭气烘烘。夏天总算还好，假若水不太臭，多少总能闻到一些荷香，而且必能看到些绿叶儿。春天，则下有黑汤，旁有破烂的土坝；风又那么野，绿柳新蒲东倒西歪，恰似挣命。所以，它既不大，又不明，也不湖。

话虽如此，这个湖到底得算个名胜。湖之不大与不明，都因为湖已不湖。假若能把"地"都收回，拆开土坝，挖深了湖身，它当然可以马上既大且明起来：湖面原本不小，而济南又有的是清凉的泉水呀。这个，也许一时做不到。不过，即使做不到这一步，就现状而言，它还应当算作名胜。北方的城市，要找有这么一片水的，真是好不容易了。千佛山满可以不算数儿，配作个名胜与否简直没多大关系。因为山在北方不是什么难找的东西呀。水，可太难找了。济南城内据说有七十二泉，城外有河，可是还非有个湖不可。泉，池，河，湖，四者俱备，这才显出济南的特色与可贵。它是北方唯一的"水城"，这个湖是少不得的。设若

我们游湖时,只见沟而不见湖,请到高处去看看吧,比如在千佛山上往北眺望,则见城北灰绿的一片——大明湖;城外,华鹊二山夹着弯弯的一道灰亮光儿——黄河。这才明白了济南的不凡,不但有水,而且是这样多呀。

况且,湖景若无可观,湖中的出产可是很名贵呀。懂得什么叫作美的人或者不如懂得什么好吃的人多吧,游过苏州的往往只记得此地的点心,逛过西湖的提起来便念道那里的龙井茶,藕粉与莼菜什么的,吃到肚子里的也许比一过眼的美景更容易记住,那么大明湖的蒲菜,茭白,白花藕,还真许是它驰名天下的重要原因呢。不论怎么说吧,这些东西既都是水产,多少总带着些南国风味;在夏天,青菜挑子上带着一束束的大白莲花菩葵出卖,在北方大概只有济南能这么"阔气"。

我写过一本小说——《大明湖》——在"一·二八"与商务印书馆一同被火烧掉了。记得我描写过一段大明湖的秋景,词句全想不起来了,只记得是什么什么秋。桑子中先生给我画过一张油画,也画的是大明湖之秋,现在还在我的屋中挂着。我写的,他画的,都是大明湖,而且都是大明湖之秋,这里大概有点意思。对了,只是在秋天,大明湖才有些美呀。济南的四季,唯有秋天最好,晴暖无风,处处明朗。这时候,请到城墙上走走,俯视秋湖,败柳残荷,水平如镜;唯其是秋色,所以连那些残破的土坝也似乎正与一切景物配合：土坝上偶尔有一两截断藕，或一些黄叶的野蔓，配着三五枝芦花，确是有些画意。"庄稼"已都收了，湖显着大了许多，大了当然也就显着明。不仅是湖宽水净，显着明美，抬头向南看，半黄的千佛山就在面前，开元寺那边的"橛子"——大概是个塔吧——静静的立在山头上。往北看，城外的河水很清，菜畦中还生着短短的绿叶。往南往北，往东往西，看吧，处处空阔明朗，有山有湖，有城有河，到这时候，我们真得到个"明"字了。桑先生那张画便是在北城墙上画的，湖边只有几株秋柳，湖中只有一只游艇，水作灰蓝色，柳叶儿半黄。湖外，他画上了千佛山；湖光山色，联成一幅秋图，明朗，素净，柳梢上似乎吹着点不大能觉出来的微风。

对不起，题目是大明湖之春，我却说了大明湖之秋，可谁教亢德先生出错了题呢！

载一九三七年三月《宇宙风》第三十七期

齐大的校园

六

到了齐大,暑假还未曾完。除了太阳要落的时候,校园里不见一个人影。那几条白石凳,上面有枫树给张着伞,便成了我的临时书房。手里拿着本书,并不见得念;念地上的树影,比读书还有趣。我看着:细碎的绿影,夹着些小黄圈,不定都是圆的,叶儿稀的地方,光也有时候透出七棱八角的一小块。小黑驴似的蚂蚁,单喜欢在这些光圈上慌手忙脚的来往过。那边的白石凳上,也印着细碎的绿影,还落着个小蓝蝴蝶,抿着翅儿,好像要睡。一点风儿,把绿影儿吹醒,散乱起来;小蓝蝶醒了懒懒的飞,似乎是作着梦飞呢;飞了不远,落下了,抱住黄蜀菊的蕊儿。看着,老大半天,小蝶儿又飞了,来了个楞头磕脑的马蜂。

真静。往南看,千佛山懒懒的倚着一些白云,一声不出。

往北看,围子墙根有时过一两个小驴,微微有点铃声。往东西看,只看见楼墙上的爬山虎。叶儿微动,像竖起的两面绿浪。往下看,四下都是绿草。往上看,看见几个红的楼尖。全不动。绿的,红的,上上下下的,像一张画,颜色固定,可是越看越好看。只有办公处的大钟的针儿,偷偷的移动,好似唯恐怕叫光阴知道似的,那么偷偷的动,从树隙里偶尔看见一个小女孩,花衣裳特别花哨,突然把这一片静的景物全刺激了一下;花儿也更红,叶儿也更绿了似的;好像她的花衣裳要带这一群颜色跳舞起来。小女孩看不见了,又安静起来。槐树上轻轻落下个豆瓣绿的小虫,在空中悬着,其余的全不动了。

园中就是缺少一点水呀!连小麻雀也似乎很关心这个,时常用小眼睛往四下找;假如园中,就是有一道小溪吧,那要多么出色。溪里再有些各色的鱼,有些荷花!那怕是有个喷水池呢,水声,和着枫叶的轻响,在石台上睡一刻钟,要作出什么有声有色有香味的梦!花木够了,只缺一点水。

短松墙觉得有点死板,好在发着一些松香;若是上面绕着些密罗松,开着些血红的小花,也许能减少一些死板气儿。园外的几行洋槐很体面,似乎缺少一些小白石凳。可是继而一想,没有石凳也好,校园的全景,就妙在只有花木,没有多少人工作的点缀,砖砌的花池咧,绿竹篱咧,全没有;这样,没有人的时候,才真像没有人,连一点人工经营的痕迹也看不出;换句话说,这才不俗气。

啊,又快到夏天了!把去年的光景又想起来;也许是盼望快放暑假吧。快放暑假吧!把这个整个的校园,还交给蜂蝶与我吧!太自私了,谁说不是!可是我能念着树影,给诸位作首不十分好,也还说得过去的诗呢。

学校南边那块瓜地,想起来叫口中出甜水;但是懒得动;在石凳上等着吧,等太阳落了,再去买几个瓜吧。自然,这还是去年的话;今年那块地还种瓜吗?管他种瓜还是种豆呢,反正白石凳还在那里,爬山虎也又绿起来;只等玫瑰开呀!玫瑰开,吃粽子,下雨,晴天,枫树底下,白石凳上,小蓝蝴蝶,绿槐树虫,哈,梦!再温习温习那个梦吧。

七

有诗为证,对,印象是要有诗为证的;不然,那印象必是多少带点土气的。我想写"春夜",多么美的题目!想起这个题目,我自然的想作诗了。可是,不是个诗人,怎办呢;这似乎要"抓瞎"——用个毫无诗味的词儿。新诗吧?太难;脑中虽有几堆"呀,噢,唉,喽"和那俊美的";",和那珠泪滚滚的"!"。但是,没有别的玩意,怎能把这些宝贝缀上去呢?此路不通!旧诗?又太死板,而且至少有十几年没动那些七庚八葱的东西了;不免出丑。

到底硬联成一首七律,一首不及六十分的七律;心中已高兴非常,有胜于无,好歹不论,正合我的基本哲学。好,再作七首,共合八首;即便没一首"通"的吧,"量"也足惊人不是?中国地大物博,一人能写八首春夜,呀!

唉!湿膝病又犯了,两膝僵肿,精神不振,终日茫然,饭且不思,何暇作诗,只有大喊拉倒,予无能为矣!只凑了三首,再也凑不出。

想另作一篇散文吧,又到了交稿子的时候;况且精神不好,其影响于诗与散文一也;散了吧,好歹的那三首送进去,爱要不要;我就是这个主意!反正无论怎说,我是有诗为证:

(一)

多少春光轻易去?无言花鸟夜如秋。

东风似梦微添醉,小月知心只照愁!

柳样诗思情入影,火般桃色艳成羞。

谁家玉笛三更后?山倚疏星人倚楼。

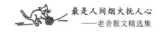

（二）

一片闲情诗境里，柳风淡淡柝声凉。
山腰月少青松黑，篱畔光多玉李黄。
心静渐知春似海，花深每觉影生香。
何时买得田千顷，遍种梧桐与海棠！

（三）

且莫贪眠减却狂，春宵月色不平常！
碧桃几树开蝴蝶，紫燕联肩梦海棠。
花比诗多怜夜短，柳如人瘦为情长。
年来潦倒漂萍似，惯与东风道暖凉。

得看这三大首！五十年之后，准保有许多人给作注解——好诗是不需注解的。我的评注者，一定说我是资本家，或是穷而倾向资本主义者，因为在第二首里，有"何时买得田千顷"之语。好，我先自己作点注吧：我的意思是买山地呀，不是买一千顷良田，全种上花木，而叫农民饿死，不是。比如千佛山两旁的秃山，要全种上海棠，那要多么美，这才是我的梦想。这不怨我说话不清，是律诗自身的别扭；一句非七个字不可，我怎能忽然来句八个九个字的呢？

得了,从此再不受这个罪;《一些印象》也不再续。暑假中好好休息,把腿养好,能加入将来远东运动会的五百哩竞走,得个第一,那才算英雄好汉;诌几句不准多于七个字一句的诗,算得什么!

节选自《一些印象》原载一九三一年三月至六月
《齐大月刊》第一卷

非正式的公园

济南的公园似乎没有引动我描写它的力量，虽然我还想写那么一两句；现在我要写的地方，虽不是公园，可是确比公园强的多，所以——非正式的公园；关于那正式的公园，只好，虽然还想写那么一两句，待之将来。

这个地方便是齐鲁大学，专从风景上看。齐大在济南的南关外，空气自然比城里的新鲜，这已得到成个公园的最要条件。花木多，又有了成个公园的资格。确是有许多人到那里玩，意思是拿它当作——非正式的公园。

逛这个非正式的公园以夏天为最好。春天花多，秋天树叶美，但是只在夏天才有"景"，冬天没有什么特色。

当夏天，进了校门便看见一座绿楼，楼前一大片绿草地，楼的四周全是绿树，绿树的尖上浮着一两个山峰，因为绿树太密了，所以看不见树后的房子与山腰，使你猜不到绿荫后边还有什

第三章
人间山河踏遍

么;深密伟大,你不由得深吸一口气。绿楼?真的,"爬山虎"的深绿肥大的叶一层一层的把楼盖满,只露着几个白边的窗户;每阵小风,使那层层的绿叶掀动,横着竖着都动得有规律,一片竖立的绿浪。

往里走吧,沿着草地——草地边上不少的小蓝花呢——到了那绿荫深处。这里都是枫树,树下四条沽白的石凳,围着一片花池。花池里虽没有珍花异草,可是也有可观;况且往北有一条花径,全是小红玫瑰。花径的北端有两大片洋葵,深绿叶,浅红花;这两片花的后面又有一座楼,门前的白石阶栏像享受这片鲜花的神龛。楼的高处,从绿槐的密叶的间隙里看到,有一个大时辰钟。

往东西看,西边是一进校门便看见的那座楼的侧面与后面,与这座楼平行,花池东边还有一座;这两座楼的侧面山墙,也都是绿的。花径的南端是白石的礼堂,堂前开满了百日红,壁上也被绿蔓爬匀。那两座楼后,两大片草地,平坦,深绿,像张绿毯。这两块草地的南端,又有两座楼,四周围蔷薇作成短墙。设若你坐在石凳上,无论往哪边看,视线所及不是红花,便是绿叶;就是往上下看吧:下面是绿草,红花,与树影;上面是绿枫树叶。往平里看,有时从树隙花间看见女郎的一两把小白伞,有时看男人的白大衫。伞上衫上时时落上些绿的叶影。人不多,因

为放暑假了。

拐过礼堂,你看见南面的群山,绿的。山前的田,绿的。一个绿海,山是那些高的绿浪。

礼堂的左右,东西两条绿径,树荫很密,几乎见不着阳光。顺着这绿径走,不论是往西往东,你看见些小的楼房,每处有个小花园。园墙都是矮松做的。

春天的花多,特别是丁香和玫瑰,但是绿得不到家。秋天的红叶美,可是草变黄了。冬天树叶落净,在园中便看见了山的大部分,又欠深远的意味。只有夏天,一切颜色消沉在绿的中间,由地上一直绿到树上浮着的绿山峰,成为以绿为主色的一景。

原载一九三二年七月《华年》第一卷第十二期

趵突泉的欣赏

千佛山、大明湖和趵突泉,是济南的三大名胜。现在单讲趵突泉。

在西门外的桥上,便看见一溪活水,清浅,鲜洁,由南向北的流着。这就是由趵突泉流出来的。设若没有这泉,济南定会丢失了一半的美。但是泉的所在地并不是我们理想中的一个美景。这又是个中国人的征服自然的办法,那就是说,凡是自然的恩赐交到中国人手里就会把它弄得丑陋不堪。这块地方已经成了个市场。南门外是一片喊声,几阵臭气,从卖大碗面条与肉包子的棚子里出来。进了门有个小院,差不多是四方的。这里,"一毛钱四块!"和"两毛钱一双!"的喊声,与外面的"吃来"联成一片。一座假山,奇丑;穿过山洞,接联不断的棚子与地摊,东洋布,东洋磁,东洋玩具,东洋……加劲的表示着中国人怎样热烈的"不"抵制劣货。这里很不易走过去,乡下人一群跟着一群的

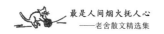

来提倡日货,把路塞住。他们没有例外的全张着嘴,葱味四射。没有例外的全买一件东西还三次价,走开又回来摸索四五次。小脚妇女更了不得,你往左躲,她往左扭;你往右躲,她往右扭,反正不许你痛快的过去。

到了泉池,北岸上一座神殿,南西东三面全是唱鼓书的茶棚,唱的多半是梨花大鼓,一声"哟"要拉长几分钟,猛听颇像产科医院的病室。除了茶棚还是日货摊子——说点别的吧!

泉太好了。泉池差不多见方,三个泉口偏西,北边便是条小溪流向西门去。看那三个大泉,一年四季,昼夜不停,老那么翻滚。你立定呆呆的看三分钟,你便觉出自然的伟大,使你不敢再正眼去看。永远那么纯洁,永远那么活泼,永远那么鲜明,冒,冒,冒,永不疲乏,永不退缩,只是自然有这样的力量!冬天更好,泉上起了一片热气,白而轻软,在深绿的长的水藻上飘荡着,使你不由得想起一种似乎神秘的境界。

池边还有小泉呢:有的像大鱼吐水,极轻快的上来一串水泡;有的像一串明珠,走到中途又歪下去,真像一串珍珠在水里斜放着;有的半天才上来一个泡,大,扁一点,慢慢的,有姿态的,摇动上来;碎了;看,又来了一个!有的好几串小碎珠一齐挤上来,像一朵攒整齐的珠花,雪白;有的……这比那大泉还更有味。

新近为增加河水的水量,又下了六根铁管,做成六个泉眼,水流得也很旺,但是我还是爱那原来的三个。

看完了泉,再往北走,经过一些货摊,便出了北门。

前年冬天一把大火把泉池南边的棚子都烧了。有机会改造了!造成一个公园,各处安着喷水管!东边作个游泳池!有许多人这样的盼望。可是,席棚又搭好了,渐次改成了木板棚;乡下人只知道趵突泉,把摊子移到"商场"去(就离趵突泉几步)买卖就受损失了;于是"商场"四大皆空,还叫趵突泉作日货销售场,也许有道理。

载一九三二年八月《华年》第一卷第十七期

春风

　　济南与青岛是多么不相同的地方呢！一个设若比作穿肥袖马褂的老先生，那一个便应当是摩登的少女。可是这两处不无相似之点。拿气候说吧，济南的夏天可以热死人，而青岛是有名的避暑所在；冬天，济南也比青岛冷。但是，两地的春秋颇有点相同。济南到春天多风，青岛也是这样；济南的秋天是长而晴美，青岛亦然。

　　对于秋天，我不知应爱哪里的：济南的秋是在山上，青岛的是海边。济南是抱在小山里的；到了秋天，小山上的草色在黄绿之间，松是绿的，别的树叶差不多都是红与黄的。就是那没树木的山上，也增多了颜色——日影、草色、石层，三者能配合出种种的条纹，种种的影色。配上那光暖的蓝空，我觉到一种舒适安全，只想在山坡上似睡非睡的躺着，躺到永远。青岛的山——虽然怪秀美——不能与海相抗，秋海的波还是春样的绿，可是被

第三章
人间山河踏遍

清凉的蓝空给开拓出老远，平日看不见的小岛清楚的点在帆外。这远到天边的绿水使我不愿思想而不得不思想；一种无目的的思虑，要思虑而心中反倒空虚了些。济南的秋给我安全之感，青岛的秋引起我甜美的悲哀。我不知应当爱哪个。

两地的春可都被风给吹毁了。所谓春风，似乎应当温柔，轻吻着柳枝，微微吹皱了水面，偷偷的传送花香，同情的轻轻掀起禽鸟的羽毛。济南与青岛的春风都太粗猛。济南的风每每在丁香海棠开花的时候把天刮黄，什么也看不见，连花都埋在黄暗中，青岛的风少一些沙土，可是狡猾，在已很暖的时节忽然来一阵或一天的冷风，把一切都送回冬天去，棉衣不敢脱，花儿不敢开，海边翻着愁浪。

两地的风都有时候整天整夜的刮。春夜的微风送来雁叫，使人似乎多些希望。整夜的大风，门响窗户动，使人不英雄的把头埋在被子里；即使无害，也似乎不应该如此。对于我，特别觉得难堪。我生在北方，听惯了风，可也最怕风。听是听惯了，因为听惯才知道那个难受劲儿。它老使我坐卧不安，心中游游摸摸的，干什么不好，不干什么也不好。它常常打断我的希望；听见风响，我懒得出门，觉得寒冷，心中渺茫。春天仿佛应当有生气，应当有花草，这样的野风几乎是不可原谅的！我倒不是个弱不禁风的人，虽然身体不很足壮。我能受苦，只是受不住风。别

种的苦处,多少是在一个地方,多少有个原因,多少可以设法减除;对风是干没办法。总不在一个地方,到处随时使我的脑子晃动,像怒海上的船。它使我说不出为什么苦痛,而且没法子避免。它自由的刮,我死受着苦。我不能和风去讲理或吵架。单单在春天刮这样的风!可是跟谁讲理去呢?苏杭的春天应当没有这不得人心的风吧?我不准知道,而希望如此。好有个地方去"避风"呀!

载一九三五年三月《益世报》

五月的青岛

因为青岛的节气晚，所以樱花照例是在四月下旬才能盛开。樱花一开，青岛的风雾也挡不住草木的生长了。海棠，丁香，桃，梨，苹果，藤萝，杜鹃，都争着开放，墙角路边也都有了嫩绿的叶儿。五月的岛上，到处花香，一清早便听见卖花声。公园里自然无须说了，小蝴蝶花与桂竹香们都在绿草地上用它们的娇艳的颜色结成十字，或绣成几团；那短短的绿树篱上也开着一层白花，似绿枝上挂了一层春雪。就是路上两旁的人家也少不得有些花草：围墙既矮，藤萝往往顺着墙把花穗儿悬在院外，散出一街的香气；那双樱，丁香，都能在墙外看到，双樱的明艳与丁香的素丽，真是足以使人眼明神爽。

山上有了绿色，嫩绿，所以把松柏们比得发黑了一些。谷中不但填满了绿色，而且颇有些野花，有一种似紫荆而色儿略略发蓝的，折来很好插瓶。

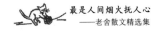

青岛的人怎能忘下海呢,不过,说也奇怪,五月的海就仿佛特别的绿,特别的可爱,也许是因为人们心里痛快吧?看一眼路旁的绿叶,再看一眼海,真的,这才明白了什么叫做"春深似海"。绿,鲜绿,浅绿,深绿,黄绿,灰绿,各种的绿色,连接着,交错着,变化着,波动着,一直绿到天边,绿到山脚,绿到渔帆的外边去。风不凉,浪不高,船缓缓的走,燕低低的飞,街上的花香与海上的咸味混到一处,浪漾在空中,水在面前,而绿意无限,可不是,春深似海!欢喜,要狂歌,要跳入水中去,可是只能默默无言,心好像飞到天边上那将将能看到的小岛上去,一闭眼仿佛还看见一些桃花。人面桃花相映红,必定是在那小岛上。

这时候,遇上风与雾便还须穿上棉衣,可是有一天忽然响晴,夹衣就正合适。但无论怎说吧,人们反正都放了心——不会大冷了,不会。妇女们最先知道这个,早早的就穿出利落的新装,而且决定不再脱下去。海岸上,微风吹动少女们的发与衣,何必再到电影园中找那有画意的景儿呢!这里是初春浅夏的合响,风里带着春寒,而花草山水又似初夏,意在春而景如夏,姑娘们总先走一步,迎上前去,跟花们竞争一下,女性的伟大几乎不是颓废诗人所能明白的。

人似乎随着花草都复活了,学生们特别的忙:换制服,开运动会，到崂山丹山旅行，服劳役。本地的学生忙，别处的学生也来参观，几个，几十，几百，打着旗子来了，又成着队走开，男的，女的，先生，学生，都累得满头是汗，而仍不住的向那大海丢眼。学生以外，该数小孩最快活，笨重的衣服脱去，可以到公园跑跑了；一冬天不见猴子了，现在又带着花生去喂猴子，看鹿。拾花瓣，在草地上打滚；妈妈说了，过几天还有大红樱桃吃呢！

马车都新油饰过，马虽依然清瘦，而车辆体面了许多，好作一夏天的买卖呀。新油过的马车穿过街心，那专做夏天的生意的咖啡馆，酒馆，旅社，饮冰室，也找来油漆匠，扫去灰尘，油饰一新。油漆匠在交手上忙，路旁也增多了由各处来的舞女。预备呀，忙碌呀，都红着眼等着那避暑的外国战舰与各处的阔人。多咱浴场上有了人影与小艇，生意便比花草还茂盛呀。到那时候，青岛几乎不属于青岛的人了，谁的钱多谁更威风，汽车的眼是不会看山水的。

那么，且让我们自己尽量的欣赏五月的青岛吧！

载一九三七年六月《宇宙风》第四十三期

春来忆广州

我爱花。因气候、水土等等关系,在北京养花,颇为不易。冬天冷,院里无法摆花,只好都搬到屋里来。每到冬季,我的屋里总是花比人多。形势逼人!屋中养花,有如笼中养鸟,即使用心调护,也养不出个样子来。除非特建花室,实在无法解决问题。我的小院里,又无隙地可建花室!

一看到屋中那些半病的花草,我就立刻想起美丽的广州来。去年春节后,我不是到广州住了一个月吗?哎呀,真是了不起的好地方!人极热情,花似乎也热情!大街小巷,院里墙头,百花齐放,欢迎客人,真是"交友看花在广州"啊!

在广州,对着我的屋门便是一株象牙红,高与楼齐,盛开着一丛丛红艳夺目的花儿,而且经常有些很小的小鸟,钻进那朱红的小"象牙"里,如蜂采蜜。真美!只要一有空儿,我便坐在阶前,看那些花与小鸟。在家里,我也有一棵象牙红,可是高不及三尺，而且是种在盆子里。它入秋即放假休息，入冬便睡大觉，且久久不醒，直到端阳左右，它才开几朵先天不足的小花，绝对没有那种秀气的小鸟作伴！现在，它正在屋角打盹，也许跟我一样，正想念它的故乡广东吧？

春天到来，我的花草还是不易安排：早些移出去吧，怕风霜侵犯；不搬出去吧，又都发出细条嫩叶，很不健康。这种细条子不会长出花来。看着真令人焦心！

好容易盼到夏天，花盆都运至院中，可还不完全顺利。院小，不透风，许多花儿便生了病。特别由南方来的那些，如白玉兰、栀子、茉莉、小金桔、茶花……也不怎么就叶落枝枯，悄悄死去。因此，我打定主意，在买来这些比较娇贵的花儿之时，就认为它们不能长寿，尽到我的心，而又不作幻想，以免枯死的时候落泪伤神。同时，也多种些叫它死也不肯死的花草，如夹竹桃之类，以期老有些花儿看。

夏天，北京的阳光过暴，而且不下雨则已，一下就是倾盆倒海而来，势不可当，也不利于花草的生长。

秋天较好。可是忽然一阵冷风，无法预防，娇嫩些的花儿就受了重伤。于是，全家动员，七手八脚，往屋里搬呀！各屋里都挤满了花盆，人们出来进去都须留神，以免绊倒！

真羡慕广州的朋友们，院里院外，四季有花，而且是多么出

色的花呀！白玉兰高达数丈，干子比我的腰还粗！英雄气概的木棉，昂首天外，开满大红花，何等气势！就连普通的花儿，四季海棠与绣球什么的，也特别壮实，叶茂花繁，花小而气魄不小！看，在冬天，窗外还有结实累累的木瓜呀！真没法儿比！一想起花木，也就更想念朋友们！朋友们，快作几首诗来吧，你们的环境是充满了诗意的呀！

　　春节到了，朋友们，祝你们花好月圆人长寿，新春愉快，工作顺利！

载一九六三年一月二十五日《羊城晚报》

可爱的成都

到成都来,这是第四次。第一次是在四年前,住了五六天,参观全城的大概。第二次是在三年前,我随同西北慰劳团北征,路过此处,故仅留二日。第三次是慰劳归来,在此小住,留四日,见到不少的老朋友。这次——第四次——是受冯焕璋先生之约,去游灌县与青城山,由山上下来,顺便在成都玩几天。

成都是个可爱的地方。对于我,它特别的可爱,因为:

(一)我是北平人,而成都有许多与北平相似之处,稍稍使我减去些乡思。到抗战胜利后,我想,我总会再来一次,多住些时候,写一部以成都为背景的小说。在我的心中,地方好像也都像人似的,有个性格。我不喜上海,因为我抓不住它的性格,说不清它到底是怎么一回事。我不能与我所不明白的人交朋友,也不能描写我所不明白的地方。对成都,真的,我知道的事情太少了;但是,我相信会借它的光儿写出一点东西来。我似乎已看到

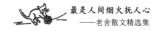

了它的灵魂，因为它与北平相似。

（二）我有许多老友在成都。有朋友的地方就是好地方。这诚然是个人的偏见，可是恐怕谁也免不了这样去想吧。况且成都的本身已经是可爱的呢。八年前，我曾在齐鲁大学教过书。七七抗战后，我由青岛移回济南，仍住齐大。我由济南流亡出来，我的妻小还留在齐大，住了一年多。齐大在济南的校舍现在已被敌人完全占据，我的朋友们的一切书籍器物已被劫一空，那么，今天又能在成都会见共患难的老友，是何等的快乐呢！衣物，器具，书籍，丢失了有什么关系！我们还有命，还能各守岗位的去忍苦抗敌，这就值得共进一杯酒了！抗战前，我在山东大学也教过书。这次，在华西坝，无意中的也遇到几位山大的老友，"惊喜欲狂"一点也不是过火的形容。一个人的生命，我以为，是一半儿活在朋友中的。假若这句话没有什么错误，我便不能不"因人及地"的喜爱成都了。啊，这里还有几十位文艺界的友人呢！与我的年纪差不多的，如郭子杰，叶圣陶，陈翔鹤，诸先生，握手的时节，不知为何，不由得就彼此先看看头发——都有不少根白的了，比我年纪轻一点的呢，虽然头发不露痕迹，可是也显着削瘦，霜鬓瘦脸本是应该引起悲愁的事，但是，为了抗战而受苦，为了气节而不肯折腰，瘦弱衰老不是很自然的结果么？这真是悲喜俱来，另有一番滋味了！

第三章
人间山河踏遍

（三）我爱成都，因为它有手有口。先说手，我不爱古玩，第一因为不懂，第二因为没有钱。我不爱洋玩意，第一因为它们洋气十足，第二因为没有美金。虽不爱古玩与洋东西，但是我喜爱现代的手造的相当美好的小东西。假若我们今天还能制造一些美好的物件，便是表示了我们民族的爱美性与创造力仍然存在，并不逊于古人。中华民族在雕刻，图画，建筑，制铜，造瓷……上都有特殊的天才。这种天才在造几张纸，制两块墨砚，打一张桌子，漆一两个小盒上都随时的表现出来。美的心灵使他们的手巧。我们不应随便丢失了这颗心。因此，我爱现代的手造的美好的东西。北平有许多这样的好东西，如地毯，珐琅，玩具……但是北平还没有成都这样多。成都还存着我们民族的巧手。我绝对不是反对机械，而只是说，我们在大的工业上必须采取西洋方法，在小工业上则须保存我们的手。谁知道这二者有无调谐的可能呢？不过，我想，人类文化的明日，恐怕不是家家造大炮，户户有坦克车，而是要以真理代替武力，以善美代替横暴。果然如此，我们便应想一想是否该把我们的心灵也机械化了吧？次说口：成都人多数健谈。文化高的地方都如此，因为"有"话可讲。但是，这且不在话下。

这次，我听到了川剧，洋琴，与竹琴。川剧的复杂与细腻，在重庆时我已领略了一点。到成都，我才听到真好的川剧。很佩

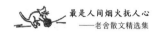

服贾培之，萧楷成，周企何诸先生的口。我的耳朵不十分笨，连昆曲——听过几次之后——都能哼出一句半句来。可是，已经听过许多次川剧，我依然一句也哼不出。它太复杂，在牌子上，在音域上，恐怕它比任何中国的歌剧都复杂的好多。我希望能用心的去学几句。假若我能哼上几句川剧来，我想，大概就可以不怕学不会任何别的歌唱了。竹琴本很简单，但在贾树三的口中，它变成极难唱的东西。他不轻易放过一个字去，他用气控制着情，他用"抑"逼出"放"，他由细嗓转到粗嗓而没有痕迹。我希望成都的口，也和它的手一样，能保存下去。我们不应拒绝新的音乐，可也不应把旧的扫灭。恐怕新旧相通，才能产生新的而又是民族的东西来吧。

还有许多话要说，但是很怕越说越没有道理，前边所说的那一点恐怕已经是糊涂话啊！且就这机会谢谢侯宝璋先生给我在他的客室里安了行军床，吴先忧先生领我去看戏与洋琴，"文协"分会会员的招待，与朋友们的赏酒饭吃！

载一九四二年九月二十三日《中央日报》

第四章

一辈子只为干文艺

文艺决不是我的浮桥,
而是我的生命。

读书

若是学者才准念书,我就什么也不要说了。大概书不是专为学者预备的;那么,我可要多嘴了。

从我一生下来直到如今,没人盼望我成个学者;我永远喜欢服从多数人的意见。可是我爱念书。

书的种类很多,能和我有交情的可很少。我有决定念什么的全权;自幼儿我就会逃学,愣挨板子也不肯说我爱《三字经》和《百家姓》。对,《三字经》便可以代表一类——这类书,据我看,顶好在判了无期徒刑以后去念,反正活着也没多大味儿。这类书可真不少,不知道为什么;也许是犯无期徒刑罪的太多;要不然便是太少——我自己就常想杀些写这类书的人。我可是还没杀过一个,一来是因为——我才明白过来——写这样书的人敢情有好些已经死了,比如写《尚书》的那位李二哥。二来是因为现在还有些人专爱念这类书,我不便得罪人太多了。顶好,我看是

第四章
一辈子只为干文艺

不管别人;我不爱念的就不动好了。好在,我爸爸没希望我成个学者。

第二类书也与咱无缘:书上满是公式,没有一个"然而"和"所以"。据说,这类书里藏着打开宇宙秘密的小金钥匙。我倒久想明白点真理,如地是圆的之类;可是这种书别扭,它老瞪着我。书不老老实实的当本书,瞪人干吗呀?我不能受这个气!有一回,一位朋友给我一本《相对论原理》,他说:明白这个就什么都明白了。我下了决心去念这本宝贝书。读了两个"配纸",我遇上了一个公式。我跟它"相对"了两点多钟!往后边一看,公式还多了去啦!我知道和它们"相对"下去,它们也许不在乎,我还活着不呢?

可是我对这类书,老有点敬意。这类书和第一类有些不同,我看得出。第一类书不是没法懂,而是懂了以后使我更糊涂。以我现在的理解力——比上我七岁的时候,我现在满可以作圣人了——我能明白"人之初,性本善"。明白完了,紧跟着就糊涂了;昨儿个晚上,我还挨了小女儿——玫瑰唇的小天使——一个嘴巴。我知道这个小天使性本不善,她才两岁。第二类书根本就看不懂,可是人家的纸上没印着一句废话;懂不懂的,人家不闹玄虚,它瞪我,或者我是该瞪。我的心这么一软,便把它好好放在书架上;好打好散,别太伤了和气。

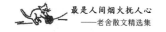

这要说到第三类书了。其实这不该算一类;就这么算吧,顺嘴。这类书是这样的:名气挺大,念过的人总不肯说它坏,没念过的人老怪害羞的说将要念。譬如说《元曲》,太炎"先生"的文章,罗马的悲剧,辛克莱的小说,《大公报》——不知是哪儿出版的一本书——都算在这类里,这些书我也都拿起来过,随手便又放下了。这里还就属那本《大公报》有点劲。我不害羞,永远不说将要念。好些书的广告与威风是很大的,我只能承认那些广告作得不错,谁管它威风不威风呢。

"类"还多着呢,不便再说;有上面的三项也就足以证明我怎样的不高明了。该说读的方法。

怎样读书,在这里,是个自决的问题;我说我的,没勉强谁跟我学。第一,我读书没系统。借着什么,买着什么,遇着什么,就读什么。不懂的放下,使我糊涂的放下,没趣味的放下,不客气。我不能叫书管着我。

第二,读得很快,而不记住。书要都叫我记住,还要书干吗?书应该记住自己。对我,最讨厌的发问是:"那个典故是哪儿的呢?""那句书是怎么来着?"我永不回答这样的考问,即使我记得。我又不是印刷器养的,管你这一套!

读得快,因为我有时候跳过几页去。不合我的意,我就练习

第四章
一辈子只为干文艺

跳远。书要是不服气的话，来跳我呀！看侦探小说的时候，我先看最后的几页，省事。

第三，读完一本书，没有批评，谁也不告诉。一告诉就糟："嘿，你读《啼笑因缘》？"要大家都不读《啼笑因缘》，人家写它干吗呢？一批评就糟："尊家这点意见？"我不惹气。读完一本书再打通儿架，不上算。我有我的爱与不爱，存在我自己心里。我爱念什么就念，有什么心得我自己知道，这是种享受，虽然显得自私一点。

再说呢，我读书似乎只要求一点灵感。"印象甚佳"便是好书，我没工夫去细细分析它，所以根本便不能批评。"印象甚佳"有时候并不是全书的，而是书中的一段最入我的味；因为这一段使我对这全书有了好感；其实这一段的美或者正足以破坏了全体的美，但是我不去管；有一段叫我喜欢两天的，我就感谢不尽。因此，设若我真去批评，大概是高明不了。

第四，我不读自己的书，不愿谈论自己的书。"儿子是自己的好"，我还不晓得，因为自己还没有过儿子。有个小女儿，女儿能不能代表儿子，就不得而知。"老婆是别人的好"，我也不敢加以拥护，特别是在家里。但是我准知道，书是别人的好。别人的书自然未必都好，可是至少给我一点我不知道的东西。自己的，一提都头疼！自己的书，和自己的运气，好像永远是一对儿累赘。

第五，哼，算了吧。

载一九三四年十二月《太白》第一卷第七期

写字

假若我是个洋鬼子,我一定也得以为中国字有趣。换个样儿说,一个中国人而不会写笔好字,必定觉得不是味儿;所以我常不得劲儿。

写字算不算一种艺术,和作官算不算革命,我都弄不清楚。我只知道好字看着顺眼。顺眼当然不一定就是美,正如我老看自己的鼻子顺眼而不能自居姓艺名术字子美。可是顺眼也不算坏事,还没有人因为鼻子长得顺眼而去投河。再说,顺眼也颇不容易;无论你怎样自居为宝玉,你的鼻子没有我的这么顺眼,就干脆没办法;我的鼻子是天生带来的,不是在医院安上的。说到写字,写一笔漂亮字儿,不容易。工夫,天才,都得有点。这两样,我都有,可就是没人求我写字,真叫人起急!

看着别人写,个儿是个儿,笔力是笔力,真馋得慌。尤其堵得慌的是看着人家往张先生或李先生那里送纸,还得作揖,说好话,甚至于请吃饭。没人理我。我给人家作揖,人家还把纸藏起去。写好了扇子,白送给人家,人家道完谢,去另换扇面。气死人不偿命,简直的是!

只有一个办法:遇上丧事必送挽联,遇上喜事必送红对,自己写。敢不挂,玩命!人家也知道这个,哪敢不挂?可是挂在什么地方就大有分寸了。我老得到不见阳光,或厕所附近,找我写的东西去。行一回人情总得头疼两天。

顶伤心的是我并不是不用心写呀。哼,越使劲越糟!纸是好纸,墨是好墨,笔是好笔,工具满对得起人。写的时候,焚上香,开开窗户,还先读读碑帖。一笔不苟,横平竖直;挂起来看吧,一串倭瓜,没劲!不是这个大那个小,就是歪着一个。行列有时像歪脖树,有时像曲线美。整齐自然不是美的要素;要命是个个字像傻蛋,怎么耍俏怎么不行。纸算糟蹋远了去啦。要讲成绩的话,我就有一样好处,比别人糟蹋的纸多。

可是,"东风常向北,北风也有转南时",我也出过两回锋头。一回是在英国一个乡村里。有位英国朋友死了,因为在中国住过几年,所以留下遗言。墓碣上要几个中国字。我去吊丧,死鬼的太太就这么跟我一提。我晓得运气来了,登时包办下来;马上回伦敦取笔墨砚,紧跟着跑回去,当众开彩。全村子的人横是差不多都来了吧,只有我会写;我还告诉他们:我不仅是会写,

第四章
一辈子只为干文艺

而且写得好。写完了，我就给他们掰开揉碎的一讲，这笔有什么讲究，那笔有什么讲究。他们的眼睛都睁得圆圆的，眼珠里满是惊叹号。我一直痛快了半个多月。后来，我那几个字真刻在石头上了，一点也不瞎吹。"光荣是中国的，艺术之神多着一位。天上落下白米饭，小鬼儿啊啊的哭；因为仓颉泄露了天机！"我还记得作了这样高伟的诗。

第二回是在中国，这就更不容易了。前年我到远处去讲演。那里没有一个我的熟人。讲演完了，大家以为我很有学问，我就棍打腿的声明自己的学问很大，他们提什么我总知道，不知道的假装一笑，作为不便于说，他们简直不晓得我吃几碗干饭了，我更不便于告诉他们。提到写字，我又那么一笑。喝，不大会儿，玉版宣来了一堆。我差点乐疯了。平常老是自己买纸，这回我可捞着了！我也相信这次必能写得好：平常总是拿着劲，放不开胆，所以写得不自然；这次我给他个信马由缰，随笔写来，必有佳作。中堂，屏条，对联，写多了，直写了半天。写得确是不坏，大家也都说好。就是在我辞别的时候，我看出点毛病来：好些人跟招待我的人嘀咕，我很听见了几句："别叫这小子走！""那怎好意思？""叫他赔纸！""算了吧，他从老远来的。"……招待员总算懂眼，知道我确是卖了力气写的，所以大家没一定叫我赔纸；到如今我还以为这一次我的成绩顶好，从量

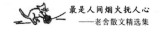

上质上说都下得去。无论怎么说,总算我过了瘾。

我知道自己的字不行,可有一层,谁的孩子谁不爱呢!是不是,二哥?

载一九三四年十二月十六日《论语》第五十五期

梦想的文艺

我盼望总会有那么一天,我可以随便到世界任何地方去,而没有人偷偷的跟在我的背后,没有人盘问我到哪里去和干什么去,也没有人检查我的行李。那就是我的理想世界!在那个世界里,我爱写什么便写什么,正如同我爱到何处去便到何处那样。我相信,在那个世界里,文艺将是讲绝对的真理的,既不忌讳什么而吞吞吐吐,也不因遵守标语口号而把某一帮一行的片面,当作真理。那时候,我的笔下对真理负责,而不帮着张三或李四去辩论曲直是非——他们俩最好找律师去解决那些鸡毛蒜皮的事。

那时候,我若到了德国,便直言无隐的告诉德国人,他们招待客人还太拘形式,使我感到不舒服。(德国人在那时候当然已早忘了制造战争,而很忠诚的制造阿司匹灵。)他们听了并不生气,而赶快去研究怎样可以不拘形式而把客人招待得从心眼里觉得安逸。同样的,我可以在伦敦讽刺英国的士大夫:他们为什么

那样注意戴礼帽，拿雨伞，而不设法去消灭或减少伦敦的黑雾。那些有幽默感的英国人笑着接受了我的暗示，于是国会决议：每天起飞五千架重轰炸机往下洒极细的砂子，把黑雾过滤成白雾，而伦敦市民就一律因此增寿十年。

我的笔将是温和的，微微含笑的，不发气的，写出聪明的合理的话。我不必粗脖子红脸的叫喊什么，那样是会使文字粗糙，失去美丽的。我不必顾虑我的话会引来棍棒与砖头，除非我是说了谎或乱骂了人。那时候的社会上求真的习尚，使写家必须像先知似的说出警告，那时候人们的审美力的提高，使作家必须唱出他的话语，像春莺似的美妙。

昨天我听见一个四十多岁的汉子，对一个十九岁的学生说：

"你要真理？我的话便是真理！听从我的话便是听从真理！我这个真理会教你有衣有食，有津贴好拿！在我的真理以外，你要想另找一个，你便会找到监狱，毒刑，死亡！想想看，你才十九岁，青春多么可爱呀！"

这几句话使我颤抖了好大半天。我不晓得那个十九岁的孩子后来怎样回答，我一声没出。我可是愿意说出我的愿望，尽管那个愿望是永不会实现的梦想！

载一九四四年十二月《抗战文艺》第九卷五、六期

文牛

干哪一行的总抱怨哪一行不好。在这个年月能在银行里,大小有个事儿,总该满意了,可是我的在银行作事的朋友们,当和我闲谈起来,没有一个不觉得怪委屈的。真的,我几乎没有见过一个满意、夸赞他的职业的。我想,世界上也许有几位满意于他们的职业的人,而这几位人必定是英雄好汉。拿破仑、牛顿、爱因斯坦、罗斯福,大概都不抱怨他们的行业"没意思"。虽然不自居拿破仑与牛顿,我自己可是一向满意我的职业。我的职业多么自由啊!我用不着天天按时候上课或上公事房,我不必等七天才到星期日;只要我愿意,我可连着有一个星期的星期日!

我的资本很小,纸笔墨砚而已。我的生活可以按照自己的意思安排,白天睡,夜里醒着也好,昼夜都不睡也可以;一日三餐也好,八餐也好!反正我是在我自己的屋里操作,别人也不能敲门进来,禁止我把脚放在桌子上。专凭这一点自由,我就不能

不满意我的职业。况且,写得好吧歹吧,大致都能卖出去,喝粥不成问题,倒也逍遥自在;虽然因此而把妒忌我的先生们鼻子气歪,我也没法子代他们去搬正!

可是,在近几个月来,也不知怎么我也失去了自信,而时时不满意我的职业了。这是吉是凶,且不去管,我只觉得"不大是味儿"!心里很不好过!

我的职业是"写"。只要能写,就万事亨通,可是,近来我写不上来了!问题严重得很,我不晓得生了娃娃而没有奶的母亲怎样痛苦,我可是晓得我比她还更痛苦。没有奶,她可以雇乳娘,或买代乳粉,我没有这些便利。写不出就是写不出,找不到代替品与代替的人。

天天能写一点,确实能觉得很自由自在,赶到了一点也写不出的时节呀,哈哈,你便变成世界上最痛苦的人!你的自由,闲在,正是对你的刑罚;你一分钟一分钟无结果的度过,也就每一分钟都如坐针毡!你不但失去工作与报酬,你简直失去了你自己!

一夏天除了阴雨,我的卧室兼客厅兼饭厅兼浴室兼书房的书房,热得老像一只大火炉。夜间一点钟以后,我才能勉强的进去睡。睡不到四个小时,我就必须起来,好乘早凉儿工作一会儿;一过午,屋内即又成烤炉。一夏天,我没有睡足。睡不足,写的

第四章
一辈子只为干文艺

也就不多,一拿笔就觉得困啊。我很着急,但是想不出办法,缙云山上必定凉快,谁去得起呢!

入秋,我本想要"好好"的工作一番,可是天又霉,纸烟的价钱好像疯了似的往上涨。只好戒烟。我曾经声明过:"先上吊,后戒烟!"以示至死不戒烟的决心。现在,自己打了嘴巴。最坏的烟卖到一百元一包(二十枝:我一天须吸三十枝),我没法不先戒烟,以延缓上吊之期了;人都惜命呀!没有烟,我只会流汗,一个字也写不出!戒烟就是自己跟自己摔跤,整天的摔跤还怎能写字呢?半个月,没写出一个字!

烟瘾稍杀,又打摆子,本来贫血,摆子使血更贫。于是,头又昏起来。不留神,猛一抬头,或猛一低头,眼前就黑那么一下,老使人有"又要停电"之感。每天早上,总盼着头不大昏,幸而真的比较清爽,我就赶快的高高兴兴去研墨,期望今天一下子能写出两三千字来。墨研好了,笔也拿在手中,也不知怎么的,头中轰的一下,生命成了空白,什么也没有了,除了一点轻微的嗡嗡的响声。这一阵好容易过去了,脑中开始抽着疼,心中烦躁得要狂喊几声!只好把笔放下——文人缴械!一天如此,两天如此,忍心的、耐性的敷衍自己:"明天会好些的!"第三天还是如此,我开始觉得:"我完了!"放下笔,我不会干别的!是的,我晓得我应当休息,并且应当吃点补血的东西——豆腐、猪肝、猪脑、菠菜、红萝卜等。但是，这年月谁休息得起呢？紧写慢写还写不出香烟钱怎敢休息呢？至于补品，猪肝岂是好惹的东西，而豆腐又一见双眉紧皱，就是菠菜也不便宜啊！如此说来，理应赶快服点药，使身体从速好起来，可是西药贵如金，而中药又无特效。怎办呢？到了这般地步，我不能不后悔当初为什么单单选择这一门职业了！唱须生的倒了嗓子，唱花旦的损了面容，大概都会明白我的苦痛：这苦痛是来自希望与失望的相触，天天希望，天天失望，而生命就那么一天天的白白的摆过去，摆向绝望与毁灭！

最痛苦是接到朋友征稿的函信的时节。

朋友不仅拿你当作个友人，而且是认为你是会写点什么的人。可是，你须向友人们道歉；你还是你，你也已经不是你——你已不能够作了！

吃的是草，挤出的是牛奶；可是，文人的身体并不和牛一样壮，怎办呢？

青年朋友们，假使你没有变成一头牛的把握，请不要干我这一行事吧；当你写不出字来的时候，你比谁的苦痛都更大！我是永不怨天尤人的人，今天我只后悔自己选错了职业——完全是我自己的事，与别人毫不相干。我后悔作了写家的正如我后悔"没"作生意，或税吏一样；假若我起初就作着囤积居奇，与暗中拿钱的事,我现在岂不正兴高采烈的自庆前程远大么?啊,青年朋友们,假使你健壮如牛,也还要细想一想再决定吧,即在此处,牛恐怕是永远没有希望的动物,管你,和我一样的,不怨天尤人。

载一九四四年十一月《华声》第一卷第一期

谈幽默

"幽默"这个词在字典上有十来个不同的定义。还是把字典放下,让咱们随便谈吧。据我看,它首要的是一种心态。我们知道,有许多人是神经过敏的,每每以过度的感情看事,而不肯容人。这样的人假若是文艺作家,他的作品中必含着强烈的刺激性,或牢骚,或伤感;他老看别人不顺眼,而愿使大家都随着他自己走,或是对自己的遭遇不满,而伤感的自怜。反之,幽默的人便不这样,他既不呼号叫骂,看别人都不是东西,也不顾影自怜,看自己如一活宝贝。他是由事事中看出可笑之点,而技巧的写出来。他自己看出人间的缺欠,也愿使别人看到。不但仅是看到,他还承认人类的缺欠;于是人人有可笑之处,他自己也非例外,再往大处一想,人寿百年,而企图无限,根本矛盾可笑。于是笑里带着同情,而幽默乃通于深奥。所以Thackeray(萨克莱)说:"幽默的写家是要唤醒与指导你的爱心,怜悯,善

第四章
一辈子只为干文艺

意——你的恨恶不实在，假装，作伪——你的同情于弱者，穷者，被压迫者，不快乐者。"

Walpole（沃波尔）说："幽默者'看'事，悲剧家'觉'之。"这句话更能补证上面的一段。我们细心"看"事物，总可以发现些缺欠可笑之处；及至钉着坑儿去咂摸，便要悲观了。

我们应再进一步的问，除了上面这点说明，能不能再清楚一些的认识幽默呢？好吧，我们先拿出几个与它相近，而且往往与它相关的几个字，与它比一比，或者可以稍微的使我们清楚一点。反语（irony），讽刺（satire），机智（wit），滑稽剧（farce），奇趣（whimsicality），这几个词都和幽默有相当的关系。我们先说那个最难讲的——奇趣。这个词在应用上是很松泛的，无论什么样子的打趣与奇想都可以用这个词来表示，《西游记》的奇事，《镜花缘》中的冒险，《庄子》的寓言，都可以叫作奇趣。可是，在分析文艺品类的时候，往往以奇趣与幽默放在一处，如《现代小说的研究》的著者Marble（马布尔）便把whimsicality and humour（奇趣和幽默）作为一类。这大概是因为奇趣的范围很广，为方便起见，就把幽默也加了进去。一般地说，幻想的作品——即使是别有目的——不能不利用幽默，以便使文字生动有趣；所以这二者——奇趣与幽默——就往往成了一家人。这个，简直不但不能帮助我们看明何为幽默，反倒使我

更糊涂了。不过,有一点可是很清楚:就是文字要生动有趣,必须利用幽默。在这里,我们没弄清幽默是什么,可是明白幽默很重要的一个效用。假若干燥,晦涩,无趣,是文艺的致命伤;幽默便有了很大的重要;这就是它之所以成为文艺的因素之一的缘故吧。

至于反语,便和幽默有些不同了;虽然它俩还是可以联合在一处的东西。反语是暗示出一种冲突。这就是说,一句中有两个相反的意思,所要说的真意却不在话内,而是暗示出来的。《史记》上载着这么回事:秦始皇要修个大园子,优旃对他说:"好哇,多多搜集飞禽走兽,等敌人从东方来的时候,就叫麋鹿去挡一阵,满好!"这个话,在表面上,是顺着始皇的意思说的。可是咱们和始皇都能听出其中的真意;不管咱们怎样吧,反正始皇就没再提造园的事。优旃的话便是反语。它比幽默要轻妙冷静一些。它也能引起我们的笑,可是得明白了它的真意以后才能笑。它在文艺中,特别是小品文中,是风格轻妙,引人微笑的助成者。据会古希腊语的说:这个词原意便是"说",以别于"意"。因此,这个词还有个较实在的用处——在文艺中描写人生的矛盾与冲突,直以此词的含意用之人生上,而不只在文字上声东击西。在悲剧中,或小说中,聪明的人每每落在自己的陷阱里,聪明反被聪明误;这个,和与此相类的矛盾,普遍被称为

Sophoclean irony（索福克里斯的反语）。不过，这与幽默是没什么关系的。

现在说讽刺。讽刺必须幽默，但它比幽默厉害。它必须用极锐利的口吻说出来，给人一种极强烈的冷嘲；它不使我们痛快的笑，而是使我们淡淡的一笑，笑完因反省而面红过耳。讽刺家故意的使我们不同情于他所描写的人或事。在它的领域里，反语的应用似乎较多于幽默，因为反语也是冷静的。讽刺家的心态好似是看透了这个世界，而去极巧妙的攻击人类的短处，如《海外轩渠录》，如《镜花缘》中的一部分，都是这种心态的表现。幽默者的心是热的，讽刺家的心是冷的；因此，讽刺多是破坏的。马克·吐温（Mark Twain）可以被人形容作："粗壮，心宽，有天赋的用字之才，使我们一齐发笑。他以草原的野火与西方的泥土建设起他的真实的罗曼司，指示给我们，在一切重要之点上我们都是一样的。"这是个幽默者。让咱们来看看讽刺家是什么样子吧。好，看看Swift（斯威夫特）这个家伙；当他赞美自己的作品时，他这么说："好上帝。我写那本书的时候，我是何等的一个天才呀！"在他廿六岁的时候，他希望他的诗能够："每一行会刺，会炸，像短刃与火。"是的，幽默与讽刺二者常常在一块儿露面，不易分划开；可是，幽默者与讽刺家的心态，大体上是有很清楚的区别的。幽默者有个热心肠儿，讽刺家则时常由婉刺而

进为笑骂与嘲弄。在文艺的形式上也可以看出二者的区别来：作品可以整个的叫作讽刺，一出戏或一部小说都可以在书名下注明a satire。幽默不能这样。"幽默的"至多不过是形容作品的可笑，并不足以说明内容的含意如何。"一个讽刺"——a satire——则分明是有计划的，整本大套的讥讽或嘲骂。一本讽刺的戏剧或小说，必有个道德的目的，以笑来矫正或诛伐。幽默的作品也能有道德的目的，但不必一定如此。讽刺因道德目的而必须毒辣不留情，幽默则宽泛一些，也就宽厚一些，它可以讽刺，也可以不讽刺，一高兴还可以什么也不为而只求和大家笑一场。

机智是什么呢？它是用极聪明的，极锐利的言语，来道出像格言似的东西，使人读了心跳。中国的老子庄子都有这种聪明。讽刺已经很厉害了，可到底要设法从旁面攻击；至于机智则是劈面一刀，登时见血。"圣人不死，大盗不止！"这才够味儿。不论这个道理如何，它的说法的锐敏就够使人跳起来的了。有机智的人大概是看出一条真理，便毫不含糊的写出来；幽默的人是看出可笑的事而技巧的写出来；前者纯用理智，后者则赖想象来帮忙。Chesterton（切斯特顿）说："在事物中看出一贯的，是有机智的。在事物中看出不一贯的，是个幽默者。"这样，机智的应用，自然在讽刺中比在幽默中多，因为幽默者的心态较为温厚，而讽刺与机智则要显出个人思想的优越。

第四章
一辈子只为干文艺

滑稽戏——farce——在中国的老话儿里应叫作"闹戏"，如《瞎子逛灯》之类。这种东西没有多少意思，不过是充分的作出可笑的局面，引人发笑。在影戏的短片中，什么把一套碟子都摔在头上，什么把汽车开进墙里去，就是这种东西。这是幽默发了疯；它抓住幽默的一点原理与技巧而充分的去发展，不管别的，只管逗笑。假若机智是感诉理智的，闹戏则仗着身体的摔打乱闹。喜剧批评生命，闹戏是故意招笑。假若幽默也可以分等的话，这是最下级的幽默。因为它要摔打乱闹的行动，所以在舞台上较易表现；在小说与诗中几乎没有什么地位。不过，在近代幽默短篇小说里往往只为逗笑，而忽略了——或根本缺乏——那"笑的哲人"的态度。这种作品使我们笑得肚痛，但是除了对读者的身体也许有点益处——笑为化食糖呀——而外，恐怕任什么也没有了。

有上面这一点粗略的分析，我们现在或者清楚一些了：反语是似是而非，借此说彼；幽默有时候也有弦外之音，但不必老这个样子。讽刺是文艺的一格，诗，戏剧，小说，都可以整篇的被呼为a satire；幽默在态度上没有讽刺这样厉害，在文体上也不这样严整。机智是将世事人心放在X光线下照透，幽默则不带这种超越的态度，而似乎把人都看成兄弟，大家都有短处。闹戏是幽默的一种，但不甚高明。

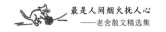

拿几句话作例子,也许就更能清楚一些:

今天贴了标语,明天中国就强起来——反语。

君子国的标语:"之乎者也"——讽刺。

标语是弱者的广告——机智。

张三把"提倡国货"的标语贴在祖坟上——滑稽;再加上些贴标语时怎样摔跟头等等招笑的行动,就成了闹戏。

张三把"打倒帝国主义走狗"贴成"走狗打倒帝国主义"——幽默;这个张三贴一天的标语也许才挣三毛小洋,贴错了当然要受罚;我们笑这种贴法,可是很可怜张三。

这几个例子摆在纸面上也许能帮助我们分别认清它们,但在事实上是不易这样分划开的。从性质上说,机智与讽刺不易分开,讽刺也有时候要利用闹戏;至于幽默,就更难独立。从一篇文章上说,一篇幽默的文字也许利用各种方法,很难纯粹。我们简直可以把这些都包括在幽默之内,而把它们看成各种手法与情调。我们这样分析它们与其说是为从形式上分别得清楚,还不如说是为表明幽默——大概的说——有它特具的心态。

所谓幽默的心态就是一视同仁的好笑的心态。有这种心态的人虽不必是个艺术家,他还是能在行为上言语上思想上表现出这个幽默态度。这种态度是人生里很可宝贵的,因为它表现着心怀宽大。一个会笑,而且能笑自己的人,决不会为件小事而急躁

第四章
一辈子只为干文艺

怀恨。往小了说，他决不会因为自己的孩子挨了邻儿一拳，而去打邻儿的爸爸。往大了说，他决不会因为战胜政敌而去请清兵。褊狭，自是，是"四海兄弟"这个理想的大障碍；幽默专治此病。嬉皮笑脸并非幽默；和颜悦色，心宽气朗，才是幽默。一个幽默写家对于世事，如入异国观光，事事有趣。他指出世人的愚笨可怜，也指出那可爱的小古怪地点。世上最伟大的人，最有理想的人，也许正是最愚而可笑的人，吉珂德先生即一好例。幽默的写家会同情于一个满街追帽子的大胖子，也同情——因为他明白——那攻打风磨的愚人的真诚与伟大。

神的游戏

戏剧不是小说。假若我是个木匠;我一定说戏剧不是大锯。由正面说,戏剧是什么,大概我和多数的木匠都说不上来。对戏剧我是头等的外行。

可是,我作过戏剧。这只有我和字纸篓知道。看别人写戏,我也试试,正如看别人下海,我也去涮涮脚。原来戏剧和小说不是一回事。这个发现,多少是恼人的。

"小说是袖珍戏园"。不错。连卖瓜子的打手巾把的都有地位。形容那位睡着了的观客,和他的梦,都无所不可。一出戏,非把卖瓜子的逐出去不可,那位作梦的先生也该枪毙。戏剧限于台上那点玩意,而且必定不许台下有人睡觉。一些布景,几个人,说说笑笑或哭哭啼啼,这要使人承认为艺术;天哪,难死人也!景片的绳子松了一些,椅子腿有点活动,都不在话下;她一个劲儿使人明白人生,认识生命,拿揭显代替形容,拿吵嘴当作

第四章
一辈子只为干文艺

哲理，这简直不可能。可是真有会干这个的！

设若戏剧是"一个"人的发明，他必是个神。小说，二大妈也会是发明人。从头说起吧。立意有了，人物，地点，时间，也都有了，这不应很乐观么？是。于是提起笔来，终于放下，让谁先出来呢？设若是小说，我就大有办法。我能叫一混成旅一齐出来，也能叫一个人没有而大讲秋天的红叶。戏剧家必是个神，他晓得而且毫不迟疑的怎样开始。他似乎有件法宝，一祭起便成了个诛仙阵，把台下的众灵魂全引进阵去。并且是很简单呀，没有说明书，没有开场词，没有名人的介绍；一开幕便单摆浮搁的把阵式列开，一两个回合便把人心捉住，拿活人演活人的事，而且叫台下的活人郑重其事的感到一些什么，傻子似的笑或落泪。这个本事是真本事，我只能使眼前的白纸老那么白着吧。请想，我面对面的，十二分诚恳的，给二大妈述说一件事，她还不能明白，或是不愿听；怎样将两个人放在台上交谈一阵，就使她明白而且乐意听呢？大概不是她故意与我作难，就是我该死。

勉强的打了个头儿。一开幕，一胖一瘦在书房内谈话，窗外有片雪景，不坏。胖子先说话，瘦子一边听一边看报。也好。谈了两三分钟，胖子和瘦子的话是一个味儿，话都非常的漂亮，只是显不出胖子是怎么个人，瘦子是怎么个人。把笔放下，叹气。

过了十分钟，想起来了。该上女角了。女角一露面，胖子和瘦子之间便起了冲突，一起冲突便有了人格。好极了。女角出来了。她也加入谈话，三个人说的都一个味儿，始终是白开水。她打扮得很好，长得也不坏，说话也漂亮；她是怎么个人呢？没办法。胖子不替她介绍，瘦子也不管详述家谱，她自己更不好意思自述。这位救命星原来也是木头的。字纸篓里增多了两三张纸。

天才不应当承认失败，再来。这回，先从后头写。问题的解决是更难写的；先解决了，然后再转回来补充，似乎更保险。小说不必这样，因为无结果而散也是真实的情形。戏剧必须先作茧，到末了变出蛾子来。是的，先出蛾子好了。反正事实都已预备好，只凭一写了。写吧。胖子瘦子和姑娘又都出来了。还是木头的。瘦子娶了姑娘，胖子饮鸩而死，悲剧呀。自己没悲，胖子没悲，虽然是死了！事实很有味儿，就是人始终没活着。胖子和瘦子还打了一场呢，白打，最紧张处就是这一打，我自己先笑了。

念两本前人的悲剧，找点诀窍吧。哼！事实不如我的奇，穿插不如我的巧，言语没有我的俏，可是，也不是从哪里找来的，前前后后，里里外外，有股悲劲萦绕回环，好似与人物事实平行着一片秋云，空气便是凉飕飕的。不是闹鬼；定是有神。这位神，把人与事放在一个悲的宇宙里。不知他是先造的人呢，还是先造的那个宇宙。一切是在悲壮的律动里，这个律动把二大妈的泪引出来，满满的哭了两三天，泪越多心里越痛快。二大妈的灵魂已到封神台下去，甘心的等着被封为——哪怕是土地奶奶呢，到底是入了神界！

　　我完了。神始终不照顾我。他不给我这点力量。我的眼总是迷糊，看不见那立体的一小块——其中有人有事有说有笑，一小块人生，一小块真理，一小块悲史，放在心里正合适，放在宇宙里便和宇宙融成一体，如气之与风。戏剧呀，神的游戏。木匠，还是用你的锯吧。

载一九三四年七月十四日《大公报》

文艺副产品——孩子们的事情

自从去年秋天辞去了教职,就拿写稿子挣碗"粥"吃——"饭"是吃不上的。除了星期天和闹肚子的时候,天天总动笔,多少不拘,反正得写点儿。于是,家庭里就充满了文艺空气,连小孩们都到时候懂得说:"爸爸写字吧?"文艺产品并没能大量的生产,因为只有我这么一架机器,可是出了几样副产品,说说倒也有趣:

(一)自由故事

须具体的说来:

早九点,我拿起笔来。烟吸过三支,笔还没落到纸上一回。小济(女,实岁数三岁半)过来检阅,见纸白如旧,就先笑一声,而后说:"爸,怎么没有字呢?"

"待一会儿就有,多多的字!"

"啊!爸,说个故事?"

第四章
一辈子只为干文艺

我不语。

"爸快说呀,爸!"她推我的肘,表示我即使不说,反正肘部动摇也写不了字。

这时候,小乙(男,实岁数一岁半,说话时一字成句,简当而有含蓄)来了,妈妈在后面跟着。

见生力军来到,小济的声势加旺:"快说呀!快说呀!"

我放下笔:"有那么一回呀——"

小乙:"回!"

小济:"你别说,爸说!"

爸:"有那么一回呀,一只大白兔——"

小乙:"兔兔!"

小济:"别——"

小乙撇嘴。

妈:"得,得,得,不哭!兔兔!"

小乙:"兔兔!"泪在眼中一转,不知转到哪里去了。

爸:"对了,有两只大白兔——"

小乙:"泡泡!"

妈:"小济,快,找小盆去!"

爸:"等等,小乙,先别撒!"随小济作快步走,床下椅下,分头找小盆,至为紧张,且喊且走,"小盆在哪儿?"只在此屋中,云深不知处,无论如何,找不到小盆。

妈曳小乙疾走如风,入厕,风暴渐息。

归位,小济未忘前事:"说呀!"

爸:"那什么,有三只大白兔——"等小乙答声,我好想主意。

小乙尿后,颇镇定,把手指放在口中。

妈:"不含手指,臭!"

小乙置之不理。

小济:"说那个小猪吃糕糕的,爸!"

小乙:"糕糕,吃!"他以为是到了吃点心的时候呢。

妈:"小猪吃糕糕,小乙不吃。"

爸说了小猪吃糕糕。说完,又拿起笔来。

小济:"白兔呢?"

颇成问题!小猪吃糕糕与白兔如何联到一处呢?

门外:"给点什么吃啵,太太!"

小济小乙齐声:"太太!"

全家摆开队伍,由爸代表,给要饭的送去铜子儿一枚。

故事告一段落。

这种故事无头无尾,变化万端,白兔不定几只,忽然转到小猪吃糕糕,若不是要饭的来解围,故事便当延续下去,谁也不晓得说到哪里去,故定名为"自由故事"。此种故事在有小孩子的家中非常方便好用，作者信口开河，随听者的启示与暗示而跌宕多姿。著者与听者打成一片，无隔膜抵触之处。其体裁既非童话，也非人话，乃一片行云流水，得天然之美，极当提倡。故事里毫无教训，而充分运用着作者与听者的想象，故甚可贵。

（二）新蝌蚪文

在以前没有小孩的时候，我写废了稿纸，便扔在字纸篓里。自从小济会拿铅笔，此项废纸乃有出路，统统归她收藏。

我越写不上来，她越闹哄得厉害：逼我说故事，劝我带她上街，要不然就吃一个苹果，"小济一半，爸一半！"我没有办法，只好把刚写上三五句不像话的纸送给她："看这张大纸，多么白！去，找笔来，你也写字，好不好？"赶上她心顺，她就找来铅笔头儿，搬来小板凳，以椅为桌，开始写字。

她已三岁半，可是一个字不识。我不主张早教孩子们认字。我对于教养小孩，有个偏见——也许是"正"见：六岁以前，不教给她们任何东西；只劳累他们的身体，不劳累脑子。养得脸蛋儿红扑扑的，胳臂腿儿挺有劲，能蹦能闹，便是好孩子。过六岁，该受教育了，但仍不从严督促。他们有聪明，爱读书呢，好；没聪明而不爱读书呢，也好。反正有好身体才能活着，女的去作舞女，男的去拉洋车，大腿生活也就不错，不用着急。

这就可以想象到小济写的是什么字了：用铅笔一按，在格中按了个不小的黑点，然后往上或往下一拉，成个小蝌蚪。一个两个，一行两行，一次能写满半张纸。写完半张，她也照着爸的样子说："该歇歇了！"于是去找弟弟玩耍，忘了说故事与吃苹果等要求。我就安心写作一会儿。

（三）卡通演义

因为有书，看惯了，所以孩子们也把书当作玩意儿。玩别的玩腻了，便念书玩。小乙的办法是把书挡住眼，口中嘟嘟嘟嘟；小济的办法是找图画念，口中唱着：一个小人儿，一个小鸟儿，又一个小人儿……

俩孩子最喜爱的一本是朋友给我寄来的一本英国卡通册子，通体都是画儿，所以俩孩子争着看。他们看小人儿，大人可受了罪，他们教我给"说"呀。篇篇是讽刺画儿，我怎么"说"呢？急中生智，我顺口答音，见机而作，就景生情，把小人儿全联到一处，成为完整而又变化很多的故事。

说完了，他们不记得，我也不记得；明天看，明天再编新词儿。英国的首相，在我们的故事里，叫作"大鼻子"；麦克唐纳是"大脑袋"，由小乙的建议呢，凡戴眼镜儿的都是"爸"——因为我戴眼镜儿。我们的故事总是很热闹，"大鼻子叼着烟袋锅，大脑袋张着嘴，没有烟袋，大鼻子不给他，大脑袋就生气，爸就来劝，得了，别生气……"

卡通演义比自由故事更有趣，因为照着图来说，总得设法就图造事，不能三只四只白兔的乱说。说的人既须费些思索，故事自然分外的动听，听者也就多加注意。现在，小乙不怕是把这本册子拿倒了，也能指出哪个是英国首相——"鼻！"歪打正着，这也许能帮助训练他们的观察能力；自然，没有这种好处，我们也都不在乎，反正我们的故事很热闹。

（四）改造杂志

我们既能把卡通给孩子讲通了，那么，什么东西也不难改造了。我们每月固定的看《文学》，《中流》，《青年界》，《宇宙风》，《论语》，《西风》，《谈风》，《方舟》；除了《方舟》是订阅的，其余全是赠阅的。此外，我们还到小书铺里去"翻"各种刊物，看着题目好，就买回来。无论是什么刊物吧，都是先由孩子们看画儿，然后大人们念字。字，有时候把大人憋住，怎念怎念不明白。画，完全没有困难。普式庚的像，罗丹的雕刻，苏联的木刻……我们都能设法讲解明白了。无论什么严重的事，只要有图，一到我们家里便变成笑话。所以我们时常感到应向各刊物的编辑道歉，可是又不便于道歉，因为我们到底是看

了，而且给它们另找出一种意义来呀。

（五）新年特刊

这是我们家中自造的刊物：用铜钉按在墙上，便是壁画；不往墙上钉呢，便是活页的杂志。用不着花印刷费，也不必征求稿件，只须全家把"画来——卖画"的卖年画的包围住，花上两三毛钱，便能五光十色的得到一大堆图画。小乙自己是胖小子，所以也爱胖小子，于是胖小子抱鱼——"富贵有余"——胖小子上树——摇钱树——便算是由他主编，自成一组。小济是主编故事组："小叭儿狗会擀面"，"小小子坐门墩"，"探亲相骂"……都由她收藏管理，或贴在她的床前。戏出儿和渔家乐什么的算作爸与妈的，妈担任说明画上的事情，爸担任照着戏出儿整本的唱戏，文武昆乱，生末净旦丑，一概不挡，烦唱哪出就唱哪出。这一批年画儿能教全家有的说，有的看，有的唱，热闹好几个月。地上也是，墙上也是，都彩色鲜明，百读不厌。我们这个特刊是文艺、图画、戏剧、歌唱的综合；是国货艺术与民间艺术的拥护，是大人与小孩的共同恩物。看完这个特刊，再看别的杂志，我们觉得还是我们自家的东西应属第一。

好啦，就说到此处为止吧。

载一九三七年五月一日《宇宙风》第四十期

怎样读小说

写一本小说不容易，读一本小说也不容易。平常人读小说，往往以为既是"小"说，必无关宏旨，所以就随便一看，看完了顺手一扔，有无心得，全不过问。这个态度，据我看，是不大对的。光阴是宝贵的，我们既破工夫去念一本书，而又不问有无心得，岂不是浪费了光阴么？我们要这样去读小说，何不去玩玩球，练练武术，倒还有益于身体呀？再说，小说之所以能够存在，并不见完全因为它"小"而易读，可供消遣。反之，它之所以能够存在，正因为它有它特具的作用，不是别的书籍所能替代的。化学不能代替心理学，物理学不能代替历史；同样的，别的任何书籍也都不能代替小说。小说是讲人生经验的。我们读了小说，才会明白人间，才会知道处身涉世的道理。这一点好处不是别的书籍所能供给我们的。哲学能教咱们"明白"，但是它不如小说说得那么有趣，那么亲切，那么感动人，因为哲学太板着面

孔说话，而小说则生龙活虎的去描写，使人感到兴趣，因而也就不知不觉地发生了潜移默化的作用。历史也写人间，似乎与小说相同。可是，一般的说，历史往往缺乏着文艺性，使人念了头疼；即使含有文艺性，也不能像小说那样圆满生动，活龙活现。历史可以近乎小说，但代替不了小说。世间恐怕只有小说能源源本本、头头是道的描画人世生活，并且能暗示出人生意义。就是戏剧也没有这么大的本事，因为戏剧须摆在舞台上去，而舞台的限制就往往教剧本不能像小说那样自由描画。于此，我们知道了，小说是在书籍里另成一格，也就与别种书籍同样的有它独立的、无可代替的价值与使命。它不是仅供我们念着"玩"的。

读小说，第一能教我们得到益处的，便是小说的文字。世界上虽然也有文字不甚好的伟大小说，但是一般的来说，好的小说大多数是有好文字的。所以，我们读小说时，不应只注意它的内容，也须学习它的文字：看它怎么以最少的文字，形容出复杂的心态物态来；看它怎样用最恰当的文字，把人情物状一下子形容出来，活生生的立在我们的眼前。况且一部小说中，又是有人有景有对话，千状万态，包罗万象，更是使我们心宽眼亮，多见多闻；假若我们细心去读的话，它简直就是一部最好的最丰富的模范文。反之，假若我们读到一部文字不甚好的小说，即使它有些内容，我们也就知道这部小说是不甚完美的，因为它有个文字拙

第四章
一辈子只为干文艺

劣的缺点。在我们读过一段描写人,或描写事物的文字以后,试把小说放在一边,而自己拟作一段,我们便得到很不小的好处,因为拿我们自己的拟作与原文一比,就看出来人家的是何等简洁有力,或委宛多姿。而且还可以看出来,人家之所以能体贴入微者,必是由真正的经验而来,并不是先写好了"人生于世"而后敷衍成章的。假若我们也要写好文章,我们便也应该去细心观察人生与事物,观察之后,加以揣摩,而后我们才能把其中的精彩部分捉到,下笔如有神矣。闭着眼瞎想是写不出来东西的。

文字以外,我们该注意的是小说的内容。要断定一本小说内容的好坏,颇不容易,因为世间的任何一件事都可以作为小说的材料,实在不容易分别好坏。不过,大概的说,我们可以这样来决定:关心社会的便好,不关心社会的便坏。这似乎是说,要看作者的态度如何了。同一件事,在甲作家手里便当作一个社会问题而提出之,在乙作家手里或者就当作一件好玩的事来说。前者的态度严肃,关切人生;后者的态度随便,不关切人生。那么,前者就给我们一些知识,一点教训,所以好;后者只是供我们消遣,白费了我们的光阴,所以不好。青年们读小说,往往喜爱剑侠小说。行侠仗义,好打不平,本是一个黑暗社会中应有的好事。倘若作者专向着"侠"字这一方面去讲,他多少必能激动我们的正义感,使我们也要有除暴安良的抱负。反之,倘若作者

专注意到"剑"字上去,说什么口吐白光,斗了三天三夜的法而不分胜负,便离题太远,而使我们渐渐走入魔道了。青年们没有多少判断能力,而且又血气方刚,喜欢热闹,故每每以惊奇与否断定小说的好歹,而不知惊奇的事未必有什么道理,我们费了许多光阴去阅读,并不见得有丝毫的好处。同样的,小说的穿插若专为故作惊奇,并不见得就是好作品,因为卖关子,耍笔调,都是低卑的技巧;而好的小说,虽然没有这些花样,也自能引人入胜。一部好的小说,必是真有的说,真值的说;它决不求助于小小的技巧来支持门面。作者要怎样说,自然有个打算,但是这个打算是想把故事如何表现得更圆满更生动更经济,绝不是多绕几个圈子把故事拉得长长的,好多赚几个钱。所以,我们读一本小说,绝不该以内容与穿插的惊奇与否而定去取,而是要以作者怎样处理内容的态度,和怎样设计去表现,去定好坏。假若我们能这样去读小说,则小说一定不是只供消遣的东西,而是对我们的文学修养,与处世的道理,都大有裨益的。

载一九四三年三月十日《国文杂志》第一卷四、五期合刊号

文艺与木匠

一位木匠的态度,据我看:(一)要作个好木匠;(二)虽然自己已成为好木匠,可是绝不轻看皮匠、鞋匠、泥水匠,和一切的匠。

此态度适用于木匠,也适用于文艺写家。我想,一位写家既已成为写家,就该不管怎么苦,工作怎样繁重,还要继续努力,以期成为好的写家,更好的写家,最好的写家。同时,他须认清:一个写家既不能兼作木匠、瓦匠,他便该承认五行八作的地位与价值,不该把自己视为至高无上,而把别人踩在脚底下。

我有三个小孩。除非他们自己愿意,而且极肯努力,作文艺写家,我决不鼓励他们;因为我看他们作木匠、瓦匠或作写家,是同样有意义的,没有高低贵贱之别。

假若我的一个小孩决定作木匠去,除了劝告他要成为一个好木匠之外,我大概不会絮絮叨叨的再多讲什么,因为我自己并不

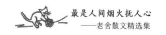

会木工,无须多说废话。

假若他决定去作文艺写家,我的话必然的要多了一些,因为我自己知道一点此中甘苦。

第一,我要问他:你有了什么准备?假若他回答不出,我便善意的,虽然未必正确的,向他建议:你先要把中文写通顺了。所谓通顺者,即字字妥当,句句清楚。假若你还不能作到通顺,请你先去练习文字吧,不要开口文艺,闭口文艺。文字写通顺了,你要"至少"学会一种外国语,给自己多添上一双眼睛。这样,中文能写通顺,外国书能念,你还须去生活。我看,你到三十岁左右再写东西,绝不算晚。

第二,我要问他:你是不是以为作家高贵,木匠卑贱,所以才舍木工而取文艺呢?假若你存着这个心思,我就要毫不客气的说:你的头脑还是科举时代的,根本要不得!况且,去学木工手艺,即使不能成为第一流的木匠,也还可以成为一个平常的木匠,即使不能有所创造,还能不失规矩的仿制;即使贡献不多,也还不至于糟蹋东西。至于文艺呢,假若你弄不好的话,你便糟践不知多少纸笔,多少时间——你自己的,印刷人的,和读者的;罪莫大焉!你看我,已经写作了快二十年,可有什么成绩?我只感到愧悔,没有给人盖成过一间小屋,作成过一张茶几,而只是浪费了多少纸笔,谁也不曾得到我一点好处。高贵吗?啊,

第四章
一辈子只为干文艺

世上还有高贵的废物吗?

第三,我要问他:你是不是以为作写家比作别的更轻而易举呢?比如说,作木匠,须学好几年的徒,出师以后,即使技艺出众,也还不过是默默无闻的匠人;治文艺呢,你可以用一首诗,一篇小说,而成名呢?我告诉你,你这是有意取巧,避重就轻。你要知道,你心中若没有什么东西,而轻巧的以一诗一文成了名,名适足以害了你!名使你狂傲,狂傲即近于自弃。名使你轻浮、虚伪。文艺不是轻而易举的东西,你若想借它的光得点虚名,它会极厉害的报复,使你不但挨不近它的身,而且会把你一脚踢倒在尘土上!得了虚名,而丢失了自己,最不上算。

第四,我要问他:你若干文艺,是不是要干一辈子呢?假若你只干一年半载,得点虚名便闪躲开,借着虚名去另谋高就,你便根本是骗子!我宁愿你死了,也不忍看你作骗子!你须认定:干文艺并不比作木匠高贵,可是比作木匠还更艰苦。在文艺里找慈心美人,你算是看错了地方!

第五,我要告诉他:你别以为我干这一行,所以你也必须来个"家传"。世上有用的事多得很,你有择取的自由。我并不轻看文艺,正如同我不轻看木匠。我可是也不过于重视文艺,因为只有文艺而没有木匠也成不了世界。我不后悔干了这些年的笔墨生涯,而只恨我没能成为好的写家。作官教书都可以辞职,我可不能向文艺递辞呈,因为除了写作,我不会干别的;已到中年,又极难另学会些别的。这是我的痛苦,我希望你别再来一回。不过,你一定非作写家不可呢,你便须按着前面的话去准备,我也不便绝对不同意,你有你的自由。你可得认真的去准备啊!

载一九四二年八月十六日《时事新报》

谈写作

有不少初学写作的人感到苦恼：写不出来！

我的看法是：加紧学习，先别苦恼。

怎么学习呢？我看哪，第一步顶好是心中有什么就写什么，有多少就写多少。

永远不敢动笔，就永远摸不着门儿。不敢下水，还学得会游泳么？自己动了笔，再去读书，或看刊物上登载的作品，就会明白一些写作的方法了。只有自己动过笔，才会更深入地了解别人的作品，学会一些窍门。好吧，就再写吧，还是有什么写什么，有多少写多少。又写完了一篇或半篇，就再去阅读别人的作品，也就得到更大的好处。

千万别着急，别刚一拿笔就想发表不发表。先想发表，不是实事求是的办法。假若有个人告诉我们：他刚下过两次水，可是决定马上去参加国际游泳比赛，我们会相信他能得胜而归吗？不会！我们必定这么鼓舞他：你的志愿很好，可是要拼命练习，不成功不拉倒。这样，你会有朝一日去参加国际比赛的。我看，写作也是这样。谁肯下功夫学习，谁就会成功，可不能希望初次动笔就名扬天下。我说有什么写什么，有多少写多少，正是为了练习，假若我们忽略了这个练习过程，而想马上去发表，那就不好办了。是呀，只写了半篇，再也写不下去，可怎么去发表呢？先不要为发表不发表着急，这么着急会使我们灰心丧气，不肯再学习。若是由学习观点来看呢，写了半篇就很不错啊，在这以前，不是连半篇也写不上来吗？

不知道我说的对不对，我总以为初学写作不宜先决定要写五十万字的一本小说或一部多幕剧。也许有人那么干过，而且的确一箭成功。但这究竟不是常见的事，我们不便自视过高，看不起基本练习。那个一箭成功的人，想必是文字已经写得很通顺，生活经验也丰富，而且懂得一些小说或剧本的写法。他下过苦功，可是山沟里练把式，我们不知道。我们应当知道自己的底。我们的文字的基础若还不十分好，生活经验也还有限，又不晓得小说或剧本的技巧，我们顶好是有什么写什么，有多少写多少，为的是练习，给创作预备条件。

首先是要把文字写通顺了。我说的有什么写什么，有多少写多少，正是为逐渐充实我们的文字表达能力。还是那句话：不是

第四章
一辈子只为干文艺

为发表。想想看,我们若是有了想起什么、看见什么,和听见什么就写得下来的能力,那该是多么可喜的事啊!即使我们一辈子不写一篇小说或一部剧本,可是我们的书信、报告、杂感等等,都能写得简练而生动,难道不是值得高兴的事吗?

当然,到了我们的文字能够得心应手的时候,我们就可以试写小说或剧本了。文学的工具是语言文字呀。

这可不是说:文学创作专靠文字,用不着别的东西。不是这样!政治思想、生活经验、文学修养……都是要紧的。我们不应只管文字,不顾其他。我在前面说的有什么写什么,和有多少就写多少,是指文字学习而言。这样能够叫我们敢于拿起笔来,不怕困难。在与动笔杆的同时,我们应当努力于政治学习,热情地参加各种活动,丰富生活经验,还要看戏,看电影,看文学作品。这样双管齐下,既常动笔,又关心政治与生活,我们的文字与思想就会得到进步,生活经验也逐渐丰富起来。我们就会既有值得写的资料,又有会写的本事了。

要学习写作,须先摸摸自己的底。自己的文字若还很差,就请按照我的建议去试试——有什么写什么,有多少写多少。同时,连写封家信或记点日记,都郑重其事地去干,当作练习写作的一种日课。文字的学习应当是随时随地的,不专限于写文章的时候。一个会写小说的当然也会写信,而一封出色的信也是文学

作品——好的日记也是!

文字有了点根底,可还是写不出文章来,又怎么办呢?应当去看看,自己想写的是什么,是小说,还是剧本?假若是小说或剧本,那就难怪写不出来。首先是:我们往往觉得自己的某些生活经验足够写一篇小说或一部三幕剧的。事实上,那点经验并不够支持这么一篇作品的。我们的那些生活经验在我们心中的时候仿佛是好大一堆,可以用之不竭。及至把它写在纸上的时候就并不是那么一大堆了,因为写在纸上的必是最值得写下来的,无关重要的都用不上,就好像一个大笋,看起来很粗很长,及至把外边的吃不得的皮子都剥去,就只剩下不大的一块了。我们没法子用这点笋炒出一大盘子菜来!

这样,假若我们一下手就先把那点生活经验记下来,写一千字也好,二千字也好,我们倒能得到好处。一来是,我们会由此体会出来,原来值得写在纸上的并不像我们想象的那么多,我们的生活经验还并不丰富。假若我们要写长篇的东西,就必须去积累更多的经验,以便选择。对了,写下来的事情必是经过选择的;随便把鸡毛蒜皮都写下来,不能成为文学作品。即须经过选择,那么用不着说,我们的生活经验越多,才越便于选择。是呀,手里只有一个苹果,怎么去选择呢?

二来是,用所谓的一大堆生活经验而写成的一千或二千字,

第四章
一辈子只为干文艺

可能是很好的一篇文章。这就使我们有了信心，敢再去拿起笔来。反之，我们非用那所谓的一大堆生活经验去写长篇小说或剧本不可，我们就可能始终不能成篇交卷，因而灰心丧气，不敢再写。不要贪大！能把小的写好，才有把大的写好的希望。况且，文章的好坏，不决定于字数的多少。一首千锤百炼的民歌，虽然只有四句或八句，也可以传诵全国。

还有：即使我们的那一段生活经验的确结结实实，只要写下来便是好东西，也还会碰到困难——写得干巴巴的，没有味道。这是怎么一回事呢？我看大概是这样：我们只知道这几个人，这一些事，而不知道更多的人与事，所以没法子运用更多的人与事来丰富那几个人与那一些事。是呀，一本小说或一本戏剧就是一个小世界，只有我们知道的真多，我们才能随时地写人、写事、写景、写对话，都活泼生动，写晴天就使读者感到天朗气清，心情舒畅，写一棵花就使人闻到了香味！我们必须深入生活，不断动笔！我们不妨今天描写一棵花，明天又试验描写一个人，今天记述一段事，明天试写一首抒情诗，去充实表达能力。生活越丰富，心里越宽绰；写的越勤，就会有得心应手的那么一天。是的，得下些功夫，把根底打好。别着急，别先考虑发表不发表。谁肯用功，谁就会写文章。

这么说，不就很难作到写作的跃进吗？不是！写作的跃进也和别种工作的跃进一样,必须下工夫,勤学苦练。不能把勤学苦练放在一边,而去空谈跃进。看吧,原本不敢动笔,现在拿起笔来了,这还不是跃进的劲头吗?然后,写不出大的,就写小的;写不好诗,就写散文;这样高高兴兴地,不图名不图利地往下干,一定会有成功那一天。难道这还不是跃进么?好吧,让咱们都兴高采烈地干吧!放开胆子,先有什么写什么,有多少写多少,咱们就会逐渐提高,写出像样子的东西来。不怕动笔,笔就会听咱们的话,不是吗?

载一九六〇年五月《文艺新兵》

第五章
人间烟火，最抚人心

生活是种律动，须有光有影，有左有右，有晴有雨；
滋味就含在这变而不猛的曲折里。

北京的春节

按照北京的老规矩,过农历的新年(春节),差不多在腊月的初旬就开头了。"腊七腊八,冻死寒鸦",这是一年里最冷的时候。可是,到了严冬,不久便是春天,所以人们并不因为寒冷而减少过年与迎春的热情。在腊八那天,人家里,寺观里,都熬腊八粥。这种特制的粥是祭祖祭神的,可是细一想,它倒是农业社会的一种自傲的表现——这种粥是用所有的各种的米,各种的豆,与各种的干果(杏仁、核桃仁、瓜子、荔枝肉、莲子、花生米、葡萄干、菱角米……)熬成的。这不是粥,而是小型的农业展览会。

腊八这天还要泡腊八蒜。把蒜瓣在这天放到高醋里,封起来,为过年吃饺子用的。到年底,蒜泡得色如翡翠,而醋也有了些辣味,色味双美,使人要多吃几个饺子。在北京,过年时,家家吃饺子。

第五章
人间烟火,最抚人心

从腊八起,铺户中就加紧的上年货,街上加多了货摊子——卖春联的、卖年画的、卖蜜供的、卖水仙花的等等都是只在这一季节才会出现的。这些赶年的摊子都教儿童们的心跳得特别快一些。在胡同里,吆喝的声音也比平时更多更复杂起来,其中也有仅在腊月才出现的,像卖宪书的、松枝的、薏仁米的、年糕的等等。

在有皇帝的时候,学童们到腊月十九就不上学了,放年假一月。儿童们准备过年,差不多第一件事是买杂拌儿。这是用各种干果(花生、胶枣、榛子、栗子等)与蜜饯掺和成的,普通的带皮,高级的没有皮——例如:普通的用带皮的榛子,高级的用榛瓤儿。儿童们喜吃这些零七八碎儿,即使没有饺子吃,也必须买杂拌儿。他们的第二件大事是买爆竹,特别是男孩子们。恐怕第三件事才是买玩意儿——风筝、空竹、口琴等——和年画儿。

儿童们忙乱,大人们也紧张。他们须预备过年吃的使的喝的一切。他们也必须给儿童赶快作新鞋新衣,好在新年时显出万象更新的气象。

二十三日过小年,差不多就是过新年的"彩排"。在旧社会里,这天晚上家家祭灶王,从一擦黑儿鞭炮就响起来,随着炮声把灶王的纸像焚化,美其名叫送灶王上天。在前几天,街上就有多少卖麦芽糖与江米糖的,糖形或为长方块或为大小瓜形。按旧

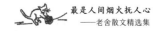

日的说法：有糖粘住灶王的嘴，他到了天上就不会向玉皇报告家庭中的坏事了。现在，还有卖糖的，但是只由大家享用，并不再粘灶王的嘴了。

　　过了二十三，大家就更忙起来，新年眨眼就到了啊。在除夕以前，家家必须把春联贴好，必须大扫除一次，名曰扫房。必须把肉、鸡、鱼、青菜、年糕什么的都预备充足，至少足够吃用一个星期的——按老习惯，铺户多数关五天门，到正月初六才开张。假若不预备下几天的吃食，临时不容易补充。还有，旧社会里的老妈妈论，讲究在除夕把一切该切出来的东西都切出来，省得在正月初一到初五再动刀，动刀剪是不吉利的。这含有迷信的意思，不过它也表现了我们确是爱和平的人，在一岁之首连切菜刀都不愿动一动。

　　除夕真热闹。家家赶作年菜，到处是酒肉的香味。老少男女都穿起新衣，门外贴好红红的对联，屋里贴好各色的年画，哪一家都灯火通宵，不许间断，炮声日夜不绝。在外边作事的人，除非万不得已，必定赶回家来，吃团圆饭，祭祖。这一夜，除了很小的孩子，没有什么人睡觉，而都要守岁。

　　元旦的光景与除夕截然不同：除夕，街上挤满了人；元旦，铺户都上着板子，门前堆着昨夜燃放的爆竹纸皮，全城都在休息。

第五章
人间烟火，最抚人心

男人们在午前就出动，到亲戚家、朋友家去拜年。女人们在家中接待客人。同时，城内城外有许多寺院开放，任人游览，小贩们在庙外摆摊、卖茶、食品和各种玩具。北城外的大钟寺、西城外的白云观、南城的火神庙（厂甸）是最有名的。可是，开庙最初的两三天，并不十分热闹，因为人们还正忙着彼此贺年，无暇及此。到了初五六，庙会开始风光起来，小孩们特别热心去逛，为的是到城外看看野景，可以骑毛驴，还能买到那些新年特有的玩具。白云观外的广场上有赛轿车赛马的；在老年间，据说还有赛骆驼的。这些比赛并不争取谁第一谁第二，而是在观众面前表演骡马与骑者的美好姿态与技能。

多数的铺户在初六开张，又放鞭炮，从天亮到清早，全城的炮声不绝。虽然开了张，可是除了卖吃食与其他重要日用品的铺子，大家并不很忙，铺中的伙计们还可以轮流着去逛庙、逛天桥和听戏。

元宵（汤圆）上市，新年的高潮到了——元宵节（从正月十三到十七）。除夕是热闹的，可是没有月光；元宵节呢，恰好是明月当空。元旦是体面的，家家门前贴着鲜红的春联，人们穿着新衣裳，可是它还不够美。元宵节，处处悬灯结彩，整条的大街像是办喜事，火炽而美丽。有名的老铺都要挂出几百盏灯来，有的一律是玻璃的，有的清一色是牛角的，有的都是纱灯；有的

各形各色，有的通通彩绘全部《红楼梦》或《水浒传》故事。这，在当年，也就是一种广告；灯一悬起，任何人都可以进到铺中参观；晚间灯中都点上烛，观者就更多。这广告可不庸俗。干果店在灯节还要作一批杂拌儿生意，所以每每独出心裁的，制成各样的冰灯，或用麦苗作成一两条碧绿的长龙，把顾客招来。

除了悬灯，广场上还放花盒。在城隍庙里并且燃起火判，火舌由判官的泥像的口、耳、鼻、眼中伸吐出来。公园里放起天灯，像巨星似的飞到天空。

男男女女都出来踏月、看灯、看焰火；街上的人拥挤不动。在旧社会里，女人们轻易不出门，她们可以在灯节里得到些自由。

小孩子们买各种花炮燃放，即使不跑到街上去淘气，在家中照样能有声有光的玩耍。家中也有灯：走马灯——原始的电影——宫灯、各形各色的纸灯，还有纱灯，里面有小铃，到时候就叮叮的响。大家还必须吃汤圆呀。这的确是美好快乐的日子。

一眨眼，到了残灯末庙，学生该去上学，大人又去照常作事，新年在正月十九结束了。腊月和正月，在农村社会里正是大家最闲在的时候，而猪牛羊等也正长成，所以大家要杀猪宰羊，酬劳一年的辛苦。过了灯节，天气转暖，大家就又去忙着干活了。北京虽是城市，可是它也跟着农村社会一齐过年，而且过得

第五章
人间烟火，最抚人心

分外热闹。

在旧社会里，过年是与迷信分不开的。腊八粥，关东糖，除夕的饺子，都须先去供佛，而后人们再享用。除夕要接神；大年初二要祭财神，吃元宝汤（馄饨），而且有的人要到财神庙去借纸元宝，抢烧头股香。正月初八要给老人们顺星、祈寿。因此那时候最大的一笔浪费是买香蜡纸马的钱。现在，大家都不迷信了，也就省下这笔开销，用到有用的地方去。特别值得提到的是现在的儿童只快活的过年，而不受那迷信的熏染，他们只有快乐，而没有恐惧——怕神怕鬼。也许，现在过年没有以前那么热闹了，可是多么清醒健康呢。以前，人们过年是托神鬼的庇佑，现在是大家劳动终岁，大家也应当快乐的过年。

载一九五一年一月《新观察》第二卷第二期

落花生

我是个谦卑的人。但是,口袋里装上四个铜板的落花生,一边走一边吃,我开始觉得比秦始皇还骄傲。假若有人问我:"你要是作了皇上,你怎么享受呢?"简直的不必思索,我就答得出:"派四个大臣拿着两块钱的铜子,爱买多少花生吃就买多少!"

什么东西都有个幸与不幸。不知道为什么瓜子比花生的名气大。你说,凭良心说,瓜子有什么吃头?它夹你的舌头,塞你的牙,激起你的怒气——因为一咬就碎;就是幸而没碎,也不过是那么小小的一片,不解饿,没味道,劳民伤财,布尔乔亚!你看落花生:大大方方的,浅白麻子,细腰,曲线美。这还只是看外貌。弄开看:一胎儿两个或者三个粉红的胖小子。脱去粉红的衫儿,象牙色的豆瓣一对对的抱着,上边儿还结着吻。那个光滑,那个水灵,那个香喷喷的,碰到牙上那个干松酥软!白嘴吃

第五章
人间烟火，最抚人心

也好，就酒喝也好，放在舌上当槟榔含着也好。写文章的时候，三四个花生可以代替一支香烟，而且有益无损。

种类还多呢：大花生，小花生，大花生米，小花生米，糖饯的，炒的，煮的，炸的，各有各的风味，而都好吃。下雨阴天，煮上些小花生，放点盐；来四两玫瑰露；够作好几首诗的。瓜子可给诗的灵感？冬夜，早早的躺在被窝里，看着《水浒》，枕旁放着些花生米；花生米的香味，在舌上，在鼻尖；被窝里的暖气，武松打虎……这便是天国！冬天在路上，刮着冷风，或下着雪，袋里有些花生使你心中有了主儿；掏出一个来，剥了，慌忙往口中送，闭着嘴嚼，风或雪立刻不那么厉害了。况且，一个二十岁以上的人肯神仙似的，无忧无虑的，随随便便的，在街上一边走一边吃花生，这个人将来要是作了宰相或度支部尚书，他是不会有官僚气与贪财的。他若是作了皇上，必是朴俭温和直爽天真的一位皇上，没错。吃瓜子的照例不在街上走着吃，所以我不给他保这个险。

至于家中要是有小孩儿，花生简直比什么也重要。不但可以吃，而且能拿它们玩。夹在耳唇上当环子，几个小姑娘就能办很大的一回喜事。小男孩若找不着玻璃球儿，花生也可以当弹儿。玩法还多着呢。玩了之后，剥开再吃，也还不脏。两个大子儿的花生可以玩半天；给他们些瓜子试试。

论样子，论味道，栗子其实满有势派儿。可是它没有落花生那点家常的"自己"劲儿。栗子跟人没有交情，仿佛是。核桃也不行，榛子就更显着疏远。落花生在哪里都有人缘，自天子以至庶人都跟它是朋友；这不容易。

在英国，花生叫作"猴豆"——Monkey nuts。人们到动物园去才带上一包，去喂猴子。花生在这个国里真不算很光荣，可是我亲眼看见去喂猴子的人——小孩就更不用提了——偷偷的也往自己口中送这猴豆。花生和苹果好像一样的有点魔力，假如你知道苹果的典故——我这儿确是用着典故。

美国吃花生的不限于猴子。我记得有位美国姑娘，在到中国来的时候，把几只皮箱的空处都填满了花生，大概凑起来总够十来斤吧，怕是到中国吃不着这种宝物。美国姑娘都这样重看花生，可见它确是有价值；按照哥伦比亚的哲学博士的辩证法看，这当然没有误儿。

花生大概还跟婚礼有点关系，一时我可想不起来是怎么个办法了；不是新娘子在轿里吃花生，不是；反正是什么什么春吧——你可晓得这个典故？其实花轿里真放上一包花生米，新娘子未必不一边落泪一边嚼着。

载一九三五年一月二十日《漫画生活》第五期

西红柿

所谓番茄炒虾仁的番茄,在北平原叫作西红柿,在山东各处则名为洋柿子,或红柿子。想当年我还梳小辫,系红头绳的时候,西红柿还没有番茄这点威风。它的价值,在那不文明的时代,不过与"赤包儿"相等,给小孩子们拿着玩玩而已。大家作"娶姑娘扮姐姐"玩耍的时节,要在小板凳上摆起几个红胖发亮的西红柿,当作喜筵,实在漂亮。可是,它的价值只是这么点,而且连这一点还不十分稳定,至于在大小饭铺里,它是完全没有份儿的。这种东西,特别是在叶子上,有些不得人心的臭味——按北平的话说,这叫作"青气味儿"。所谓"青气味儿",就是草木发出来的那种不好闻的味道,如楮树叶儿和一些青草,都是有此气味的。可怜的西红柿,果实是那么鲜丽,而被这个味儿给累住,像个有狐臭的美人。不要说是吃,就是当"花儿"看,它也是没有"凉水茄","番椒"等那种可以与美人蕉,翠雀儿等

草花同在街上售卖的资格。小孩儿拿它玩耍，仿佛也是出于不得已；这种玩意儿好玩不好吃，不像落花生或枣子那样可以"吃玩两便"。其实呢，西红柿的味道并不像它的叶子那么臭恶，而且不比臭豆腐难吃，可是那股青气味儿到底要了它的命。除了这点味道，恐怕它的失败在于它那点四不像的劲儿：拿它当果子看待，它甜不如果，脆不如瓜；拿它当菜吃，煮熟之后屁味没有，稀松一堆，没点"嚼头"；它最宜生吃，可是那股味儿，不果不瓜不菜，亦可以休矣！

西红柿转运是在近些年，"番茄"居然上了菜单，由英法大菜馆而渐渐侵入中国饭铺，连山东馆子也要报一报"番茄虾银（仁）儿"！文化的侵略哟，门牙也挡不住呀！可是细一看呢，饭馆里的番茄这个与那个，大概都是加上了点番茄汁儿，粉红怪可看，且不难吃；至于整个的鲜番茄，还没多少人肯大嘴的啃。肯生吞它的，或者还得算留过洋的人们和他们的儿女，到底他们的洋味地道些。近来西医宣传西红柿里含有维他命A至W，可是必须生吃，这倒有点别扭。不过呢，国人是最注意延年益寿，滋阴补肾的东西，或者这点青气味儿也不难于习惯下来的；假如国医再给证明一下：番茄加鹿茸可以壮阳种子，我想它的前途正自未可限量咧。

载一九三五年七月十四日《青岛民报·避暑录话》

兔儿爷

我好静,故怕旅行。自然,到过的地方就不多了。到的地方少,看的东西自然也就少。就是对于兔儿爷这玩意也没有看过多少种。

稍为熟习的只有北方几座城:北平,天津,济南,和青岛。在这四个名城里,一到中秋,街上便摆出兔儿爷来——就是山东人称为兔子王的泥人。兔儿爷或兔子王都是泥作的。兔脸人身,有的背后还插上纸旗,头上罩着纸伞。种类多,作工细,要算北平。山东的兔子王样式既少,手工也很糙。

泥人本有多种,可是因为不结实,所以作得都不太精细;给小儿女买玩意儿,谁也不愿多花钱买一碰即碎的呀。兔儿爷虽也系泥人,但售出的时间只在八月节前的半个月左右,与月饼同为迎时当令的东西,故不妨作得精细一些。况且小儿女们每愿给兔儿爷上供,置之桌上,不像对待别种泥娃娃那么随便,于是也就

略为减少碰碎的危险。这样，兔儿爷便获得较优越的地位，而能每年一度很漂亮的出现于街头。

中秋又到了，北平等处的兔儿爷怎样呢？

我可以想象到：那些粉脸彩衣，插旗打伞的泥人们一定还是一行行的摆在街头，为暴敌粉饰升平啊！

听说敌人这些日子，正在北平大量的焚书，几乎凡不是木板的图书都可以遭到被投入火里的厄运。学校里，人家里，都没有了书，而街头上到处摆出兔儿爷，多么好的一种布置呢！暴敌要的是傀儡呀！

友人来信，说平津大雨，连韭菜都卖到三吊钱（与重庆的"吊"同值）一束，粗粮也卖到一毛多一斤。谁还买得起兔儿爷呢？大概也就是在市上摆几天，给大家热闹热闹眼睛吧？

因而就想到那些高等汉奸，到时候，他们就必出来。正如桂花一开，兔子王便上市。他们的脸很体面，油光水滑的，只可惜鼻下有个三瓣子嘴，而头上有一对长耳朵。他们的身上也花花绿绿，足下蹬起粉底高靴。身腔里可是空空的，脊背有个泥团儿，为插旗伞之用；旗伞都是纸作的。他们多体面，多空虚，多没有心肝呢！他们唯一的好处似乎只在有两个泥膝，跪下很方便。

兔儿爷怕遇上淘气的孩子，左搬右弄，它脸上的粉，身上的彩，便被弄污；不幸而孩子一失手，全身便变成若干小片片了。

孩子并不十分伤心,有钱便能再买一个呀。幸而支持过了中秋,并未粉碎;可又时节已过,谁还有心玩兔子王呢?最聪明的傀儡也不过是些小土片呀!那些带活气的兔子王,越漂亮,我就越替他们担心;小日本鬼子不但淘气,而且是世上最凶狠的孩子啊。兔子王的寿命无论如何过不去中秋,我真想为那些粉墨登场的傀儡们落泪了。

抗战建国须凭真实本领与浩然正气,只能迎时当令充兔子王的,不作汉奸,也是废物。那么,我们不仅当北望平津,似乎也当自省一下吧?

载一九三八年十月三十日《弹花》第二卷第一期

"住"的梦

在北平与青岛住家的时候,我永远没想到过:将来我要住在什么地方去。在乐园里的人或者不会梦想另辟乐园吧。

在抗战中,在重庆与它的郊区住了六年。这六年的酷暑重雾,和房屋的不像房屋,使我会作梦了。我梦想着抗战胜利后我应去住的地方。

不管我的梦想能否成为事实,说出来总是好玩的:

春天,我将要住在杭州。二十年前,我到过杭州,只住了两天。那是旧历的二月初,在西湖上我看见了嫩柳与菜花,碧浪与翠竹。山上的光景如何?没有看到。三四月的莺花山水如何,也无从晓得。但是,由我看到的那点春光,已经可以断定杭州的春天必定会教人整天生活在诗与图画中的。所以,春天我的家应当是在杭州。

夏天,我想青城山应当算作最理想的地方。在那里,我虽然

第五章
人间烟火,最抚人心

只住过十天,可是它的幽静已拴住了我的心灵。在我所看见过的山水中,只有这里没有使我失望。它并没有什么奇峰或巨瀑,也没有多少古寺与胜迹,可是,它的那一片绿色已足使我感到这是仙人所应住的地方了。到处都是绿,而且都是像嫩柳那么淡,竹叶那么亮,蕉叶那么润,目之所及,那片淡而光润的绿色都在轻轻地颤动,仿佛要流入空中与心中去似的。这个绿色会像音乐似的,涤清了心中的万虑,山中有水,有茶,还有酒。早晚,即使在暑天,也须穿起毛衣。我想,在这里住一夏天,必能写出一部十万到二十万字的小说。

假若青城去不成,求其次者才提到青岛。我在青岛住过三年,很喜爱它。不过,春夏之交,它有雾,虽然不很热,可是相当的湿闷。再说,一到夏天,游人来的很多,失去了海滨上的清静。美而不静便至少失去一半的美。最使我看不惯的是那些喝醉的外国水兵与差不多是裸体的,而没有曲线美的妓女。秋天,游人都走开,这地方反倒更可爱些。

不过,秋天一定要住北平。天堂是什么样子,我不晓得,但是从我的生活经验去判断,北平之秋便是天堂。论天气,不冷不热。论吃食,苹果,梨,柿,枣,葡萄,都每样有若干种。至于北平特产的小白梨与大白海棠,恐怕就是乐园中的禁果吧,连亚当与夏娃见了,也必滴下口水来!果子而外,羊肉正肥,高粱红的螃蟹刚好下市,而良乡的栗子也香闻十里。论花草,菊花种类之多,花式之奇,可以甲天下。西山有红叶可见,北海可以划船——虽然荷花已残,荷叶可还有一片清香。衣食住行,在北平的秋天,是没有一项不使人满意的。即使没有余钱买菊吃蟹,一两毛钱还可以爆二两羊肉,弄一小壶佛手露啊!

冬天,我还没有打好主意,香港很暖和,适于我这贫血怕冷的人去住,但是"洋味"太重,我不高兴去。广州,我没有到过,无从判断。成都或者相当的合适,虽然并不怎样和暖,可是为了水仙,素心腊梅,各色的茶花,与红梅绿梅,仿佛就受一点寒冷,也颇值得去了。昆明的花也多,而且天气比成都好,可是旧书铺与精美而便宜的小吃食远不及成都的那么多,专看花而没有书读似乎也差点事。好吧,就暂时这么规定:冬天不住成都便住昆明吧。

在抗战中,我没能发了国难财。我想,抗战结束以后,我必能阔起来,唯一的原因是我是在这里说梦。既然阔起来,我就能在杭州,青城山,北平,成都,都盖起一所中式的小三合房,自己住三间,其余的留给友人们住。房后都有起码是二亩大的一个花园,种满了花草;住客有随便折花的,便毫不客气地赶出去。青岛与昆明也各建小房一所,作为候补住宅。各处的小宅,不管是什么材料盖成的,一律叫作"不会草堂"——在抗战中,开会开够了,所以永远"不会"。

那时候,飞机一定很方便,我想四季搬家也许不至于受多大苦处的。假若那时候飞机减价,一二百元就能买一架的话,我就自备一架,择黄道吉日慢慢地飞行。

载一九四五年五月《民主世界》第二期

有钱最好

既是苦命人,到处都得受罪,穷大奶奶逛青岛,受洋罪;我也正受着这种洋罪。

青岛的青山绿水是给诗人预备的,我不是诗人。青岛的洋楼汽车是给阔人预备的,我有时候袋里剩三个子儿。享受既然无缘,只好放在一边,单表受罪。

第一先得说房。大小不拘,这里的房全是洋式。由房东那方面看,租钱不算多;由住房儿的看,像我这样的人,简直一月月的干给房东赶网。吃也不算贵,喝也不算贵;房没有贱的。房既然贵,自然住不起一整所儿。所以大多数的楼房是分租的,一层儿两三间房租给一家。住楼上的呢,得上下跑腿;而且费煤,因为高处得风,墙又不厚。住楼下的,自然省了脚,也比较的暖一点,可是乐不抵苦。您别看大家都洋服啷当儿的,讲到公德心,青岛的人并不比别处的文明。楼的建筑根本是二五八,楼板也就

第五章
人间烟火，最抚人心

是一寸来厚，而楼上的人们，绝不会想到楼下还有人。希望大家铺地毯，未免所求过奢；能垫上点席子便很难得。要赶上楼上有那么七八个孩子，那就蛤蟆垫桌腿儿，死挨。人家能把楼板跺得老忽闪忽闪的动，时时有塌下来的可能。自然没人能管住小孩不走不跳，可是能够作到的也没人作。比如说椅子腿上包点布，或者不准小孩拉椅子，这很容易办吧？哼，没那回事。你莫明其妙楼上怎会有那么多椅子，更不知道为什么老在那儿拉。你晓得楼上拉椅子多么难听，它钻脑子，叫人想马上自杀。可是谁叫你住楼下呢！你乘早不用去请求，住楼上的理直气壮。"哟，我们的孩子会闹？那可奇怪！拉椅子？我们的小孩可就是喜欢拉椅子玩。在楼上踢毽？可不是，小孩还能不玩？"楼上的人都这么和气而且近情近理。你只有一条路，搬家。

搬吧，都调查好了，同楼的小孩少，大人也规矩，你很喜欢。搬过去一看，院里有八条狗！青岛是带洋派的地方，讲究养狗。可是养狗的人想不起去溜溜它们，狗屎全摆在院中。狗名儿都是洋的，什么济美，什么邦走；敢情洋名的狗拉洋屎，也是臭的。济美们还叫呢，要赶上你要睡会儿觉，或是孩子刚睡着，人家才叫得凶呢。

还得搬哪！这回可好，没有小孩，也没有狗。早晨七点来钟，人家唱上了。青岛的京戏最时兴。早晨唱过了，那敢情不

过是喊喊嗓子。大轴子是在晚上,胡琴拉着,生末净旦丑俱全,唱开了没头儿。唱得好听的自然不是没有哇;叫人想自杀的也不少。你怎办?还得搬家。

搬一回家,要安一回灯,挂一回帘子;洋房吗。搬一回家,要到公司报一回灯,报一回水,洋派吗。搬一回家,要损失一些东西,损失一些钱,洋罪吗。

好房子有哇,也得住得起呀。算了吧,房子够了。

带洋字的,还就是洋车好,干净,雨布风帘也齐全;可就是贵。一上车就是一毛钱,稍微远那么一点就得两毛。我的办法是不坐。这有点对不起"车友"们,可是有什么办法呢?自行车也不好骑,净是山路,坡得要命。最好是坐汽车,其次就是走,据我看,汽车呢,连那个喇叭咱也买不起;即使勉强的买个喇叭,不是还得自己走路;干脆,咱走就是了。青岛的空气却是不坏,可惜脚受点委屈!

关于食,没有什么可说的。饭馆子不少,中菜西菜都有。价钱都可以的,所以咱还是消极抵抗,不吃。自己家里做菜倒不贵,鱼虾现成,而且新鲜。别的肉类菜蔬也说不上贵来;吃饱了拉倒,这倒好办。馋了呢?活该!

穿,随便。青年人多数穿洋服,也很有些穿得很讲究的。咱向来不讲究穿,给它个不在乎。这占了已结婚的便宜。设若正在

第五章
人间烟火，最抚人心

"追求"期间，我想我也得多一份洋罪。不穿洋服，可是我天天刮胡子，这一来是耍洋派，二来表示我并不完全不怕太太。完全不怕太太的人不易发财，真的！

说到了玩，此地没有什么游艺场。此地根本是个避暑的所在，成年价在这儿住，当然是别扭。京戏偶尔来几个名角，戏价总要两三块，咱犯不上去。平日呢，老有蹦蹦戏，听着又不过瘾。电影院有几处，夏天才来好片子；冬天只是对付事儿，我假装的避宿，赶到惊蛰再去，也还不迟。公园真好，道路真好，海岸真好，遇上晴天我便去走，既不用花钱，而且接近了自然。在别方面受的罪，由这个享受补过来，这叫做穷欢喜。

总起来说，青岛不是个坏地方，官员们也真卖力气建设。所谓洋罪，是我的毛病，穷。假若我一旦发了财，我必定很喜欢这里。等着吧，反正咱不能穷一辈子。

载一九三五年三月一日《论语》第六十期

婆婆话

一位友人从远道而来看我,已七八年没见面,谈起来所以非常高兴。一来二去,我问他有了几个小孩?他连连摇头,答以尚未有妻。他已三十五六,还作光棍儿,倒也有些意思;引起我的话来,大致如下:

我结婚也不算早,作新郎时已三十四岁了。为什么不肯早些办这桩事呢?最大的原因是自己挣钱不多,而负担很大,所以不愿再套上一份麻烦,作双重的马牛。人生本来是非马即牛,不管是贵是贱,谁也逃不出衣食住行,与那油盐酱醋。不过,牛马之中也有些性子刚硬的,挨了一鞭,也敢回敬一个别扭。合则留,不合则去,我不能在以劳力换金钱之外,还赔上狗事巴结人,由马牛降作走狗。这么一来,随时有卷起铺盖滚蛋的可能,也就得有些准备:积极的是储蓄俩钱,以备长期抵抗;消极的是即使挨饿,独身一个总不致灾情扩大。所以我不肯结婚。卖国贼很可以

第五章
人间烟火，最抚人心

是慈父良夫，错处是只尽了家庭中的责任，而忘了社会国家。我的不婚，越想越有理。

及至过了三十而立，虽有桌椅板凳亦不敢坐，时觉四顾茫然。第一个是老母亲的劝告，虽然不明说："为了养活我，你牺牲了自己，我是怎样的难过！"可是再说硬话实在使老人难堪；只好告诉母亲：不久即有好消息。君子一言，驷马难追；一透口话，就满城风雨。朋友们不论老少男女，立刻都觉得有作媒的资格，而且说得也确是近情近理；平日真没想到他们能如此高明。最普遍而且最动听的——不晓得他们都是从哪儿学来的这一套？——是：老光棍儿正如老姑娘。独居惯了就慢慢养成绝户脾气——万要不得的脾气！一个人，他们说，总得活泼泼的，各尽所长，快活的忙一辈子。因不婚而弄得脾气古怪，自己苦恼，大家不痛快，这是何苦？这个，的确足以打动一个卅多岁，对世事有些经验的人！即使我不希望升官发财，我也不甘成为一个老别扭鬼。

那么经济问题呢？我问他们。我以为这必能问住他们，因为他们必不会因为怕我成了老绝户而愿每月津贴我多少钱。哼，他们的话更多了。第一，两个人的花销不必比一个人多到哪里去；第二，即使多花一些，可是苦乐相抵，也不算吃亏；第三，找位能挣些钱的女子，共同合作，也许从此就富裕起来；第四，就说

她不能挣钱，而且多花一些，人生本来是经验与努力，不能永远消极的防备，而当努力前进。

说到这里，他们不管我相信这些与否，马上就给我介绍女友了。仿佛是我决不会去自己找到似的。可是，他们又有文章。恋爱本无须找人帮忙，他们晓得；不过，在恋爱期间，理智往往弱于感情；一旦造成了将错就错的局面，必会将恩作怨，糟糕到底。反之，经友人介绍，旁观者清，即使未必准是半斤八两，到底是过了磅的有个准数。多一番理智的考核，便少一些感情的瞎碰。双方既都到了男大当娶，女大当聘之年，而且都愿结婚，一经介绍，必定郑重其事的为结婚而结婚，不是过过恋爱的瘾，况且结婚就是结婚；所谓同居，所谓试婚，所谓解决性欲问题，原来都是这一套。同居而不婚，也得两人吃饭，也得生儿养女；并不因为思想高明，而可以专接吻，不用吃饭！

我没了办法。你一言，我一语，说得我心中闹得慌。似乎只有结婚才能心静，别无办法。于是我就结了婚。

到如今，结婚已有五年，有了一儿一女。把五年的经验和婚前所听到的理论相证，倒也怪有个味儿。

第一该说脾气。不错，朋友们说对了：有了家，脾气确是柔和了一些。我必定得说，这是结婚的好处。打算平安的过活必须采纳对方的意见，阳纲或阴纲独振全得出毛病；男女同居，根

第五章
人间烟火，最抚人心

本需要民治精神，独裁必引起革命；努力于此种革命并不足以升官发财，而打得头破血出倒颇悲壮而泄气。彼此非纳着点气儿不可，久而久之都感到精神的胜利，凡事可以和平解决，夫妇俱可成圣矣。

这个，可并不能完全打倒我在婚前的主张：独身气壮，天不怕地不怕；结婚气馁，该瞅着的就得低头。我的顾虑一点不算多此一举。结了婚，脾气确是柔和了，心气可也跟着软下来。为两个人打算，绝不会像一人吃饱天下太平那么干脆。于是该将就者便须将就，不便挺起胸来大吹浩然之气，恋爱可以自由，结婚无自由。

朋友们说对了。我也并没说错。这个，请老兄自己去判断，假如你想结婚的话。

第二该说经济。现在，如果再有人对我说，俩人花钱不见得比一人多，我一定毫不迟疑的敬他一个嘴巴子。俩人是俩人，多数加s，钱也得随着加s。是的，太太可以去挣钱，俩人比一人挣的多；可是花得也多呀。公园，电影场，绝不会有"太太免票"的办法，别的就不用说了。及至有了小孩，简直的就不能再有什么预算决算，小孩比皇上还会花钱。太太的事不能再作，顾了挣钱就顾不了小孩，因挣钱而把小孩养坏，照样的不上算；好，太太专看小孩，老爷专去挣钱，小孩专管花钱，不破产者鲜矣。

自然小孩会带来许多快乐，作了父母的夫妻特别的能彼此原谅，而小胖孩子又是那么天真可爱。单单的伸出一个胖手指已足使人笑上半天。可是，小胖子可别生病；一生病，爸的表，娘的戒指，全得暂入当铺，而且昼夜吃不好，睡不安，不亚于国难当前。割割扁桃腺，得一百块！幸亏正是扁桃腺，这要是整个的圆桃，说不定就得上万！以我自己说，我对儿女总算不肯溺爱，可是只就医药费一项来说，已经使我的肩背又弯了许多。有病难道不给治么？小孩真是金子堆成的。这还没提到将来的教育费——谁敢去想，闭着眼瞎混吧！

有人会说喽，结婚之后顶好不要小孩呀。不用听那一套。我看见不少了，夫妻因为没有小孩而感情越来越坏，甚至去抱来个娃娃，暂时敷衍一下。有小孩才像家庭；不然，家庭便和旅馆一样。要有小孩，还是早些有的为是。一来，妇女岁数稍大，生产就更多危险；二来，早些有子女，虽然花费很多，可是多少能早些有个打算，即便计划不能实现，究竟想有个准备；一想到将来，便想到子女，多少心中要思索一番，对于作事花钱就不能不小心。这样，夫妇自自然然的会老成一些了，要按着老法子说呢，父母养活子女，赶到子女长大便倒过头来养活父母。假如此法还能适用，那么早有小孩，更为上算。假如父亲在四十岁上才有了儿子，儿子到二十的时候，父亲已经六十了；说不定，也许

第五章
人间烟火，最抚人心

活不到六十的；即使儿子应用古法，想养活父亲，而父亲已入了棺材，哪能喝酒吃饭？

这个，朋友，假若你想结婚的话，又该去思索一番。娶妻需花钱，生儿养女需花钱，负担日大，肩背日弯，好不伤心；同时，结婚有益，有子也有乐趣，即使乐不抵苦，可是生命至少不显着空虚。如何之处，统希鉴裁！

至于娶什么样的太太，问题太大，一言难尽。不过，我看出这么点来：美不是一切。太太不是图画与雕刻，可以用审美的态度去鉴赏。人的美还有品德体格的成分在内。健壮比美更重要。一位爱生病的太太不大容易使家庭快乐可爱。学问也不是顶要紧的，因为有钱可以自己立个图书馆，何必一定等太太来丰富你的或任何人的学问？据我看，结婚是关系于人生的根本问题的；即使高调很受听，可是我不能不本着良心说话，吃，喝，性欲，繁殖，在结婚问题中比什么理想与学问也更要紧。我并不是说妇人应当只管洗衣作饭抱孩子，不应读书作事。我是说，既来到婚姻问题上，既来到家庭快乐上，就乘早不必唱高调，说那些闲盘儿。这是个实际问题，是解决生命的根源上的几项问题，那么，说真实的吧，不必弄一套之乎者也。一个美的摆设，正如一个有学问的摆设，都是很好的摆设，可是未见得是位好的太太。假若你是富家翁呢，那就随便的弄什么摆设也好。不幸，你只是

个普通的人,那么,一个会操持家务的太太实在是必要的。假如说吧,你娶了一位哲学博士,长得也顶美,可是一进厨房便觉恶心,夜里和你讨论康德的哲学,力主生育节制,即使有了小孩也不会抱着,你怎办?听我的话,要娶,就娶个能作贤妻良母的。尽管大家高喊打倒贤妻良母主义,你的快乐你知道。这并不完全是自私,因为一位不希望作贤妻良母的满可以不嫁而专为社会服务呀。假如一位反抗贤妻良母的而又偏偏去嫁人,嫁了人又连自己的袜子都不会或不肯洗,那才是自私呢。不想结婚,好,什么主义也可以喊;既要结婚,须承认这是个实际问题,不必弄玄虚。夫妻怎不可以谈学问呢;可是有了五个小孩,欠着五百元债,明天的房钱还没指望,要能谈学问才怪!两个帮手,彼此帮忙,是上等婚姻。

有人根本不承认家庭为合理的组织,于是结婚也就成为可笑之举。这,另有说法,不是咱们所要谈的。咱们谈的是结婚与组织家庭,那么,这套婆婆话也许有一点点用,多少的备你参考吧。

载一九三六年九月五日《中流》第一卷第一期

忙

近来忙得出奇。恍忽之间，仿佛看见一狗，一马，或一驴，其身段神情颇似我自己；人兽不分，忙之罪也！

每想随遇而安，贫而无谄，忙而不怨。无谄已经作到；无论如何不能欢迎忙。

这并非想偷懒。真理是这样：凡真正工作，虽流汗如浆，亦不觉苦。反之，凡自己不喜作，而不能不作，作了又没什么好处者，都使人觉得忙，且忙得头疼。想当初，苏格拉底终日奔忙，且忙得从容，结果成了圣人；圣人为真理而忙，故不手慌脚乱。即以我自己说，前年写《离婚》的时候，本想由六月初动笔，八月十五交卷。及至拿起笔来，天气热得老在九十度以上，心中暗说不好。可是写成两段以后，虽腕下垫吃墨纸以吸汗珠，已不觉得怎样难受了。"七"月十五日居然把十二万字写完！因为我爱这种工作哟！我非圣人，也知道真忙与瞎忙之别矣。

所谓真忙,如写情书,如种自己的地,如发现九尾彗星,如在灵感下写诗作画,虽废寝忘食,亦无所苦。这是真正的工作,只有这种工作才能产生伟大的东西与文化。人在这样忙的时候,把自己已忘掉,眼看的是工作,心想的是工作,作梦梦的是工作,便无暇计及利害金钱等等了;心被工作充满,同时也被工作洗净,于是手脚越忙,心中越安怡,不久即成圣人矣。情书往往成为真正的文学,正在情理之中。

所谓瞎忙,表面上看来是热闹非常,其实呢它使人麻木,使文化退落,因为忙得没意义,大家并不愿作那些事,而不敢不作;不作就没饭吃。在这种忙乱情形中,人们像机器般的工作,忙完了一饱一睡,或且未必一饱一睡,而半饱半睡。这里,只有奴隶,没有自由人;奴隶不会产生好的文化。这种忙乱把人的心杀死,而身体也不见得能健美。它使人恨工作,使人设尽方法去偷油儿。我现在就是这样,一天到晚在那儿作事,全是我不爱作的。我不能不去作,因为眼前有个饭碗;多咱我手脚不动,那个饭碗便拍的一声碎在地上!我得努力呀,原来是为那个饭碗的完整,多么高伟的目标呀!试观今日之世界,还不是个饭碗文明!

因此,我羡慕苏格拉底,而恨他的时代。苏格拉底之所以能忙成个圣人,正因为他的社会里有许多奴隶。奴隶们为苏格拉底作工,而苏格拉底们乃得忙其所乐意忙者。这不公道!在一个理想的文化中，必能人人工作，而且乐意工作，即便不能完全自由，至少他也不完全被责任压得翻不过身来，他能把眼睛从饭碗移开一会儿，而不至立刻啪的一声打个粉碎。在这样的社会里，大家才会真忙，而忙得有趣，有成绩。在这里，懒是一种惩罚；三天不作事会叫人疯了；想想看，灵感来了，诗已在肚中翻滚，而三天不准他写出来，或连哼哼都不许！懒，在现在的社会里，是必然的结果，而且不比忙坏；忙出来的是什么？那么，懒又有什么不可以呢？

世界上必有那么一天，人类把忙从工作中赶出去，大家都晓得，都觉得，工作的快乐，而越忙越高兴；懒还不仅是一种羞耻，而是根本就受不了的。自然，我是看不到那样的社会了；我只能在忙得——瞎忙——要哭的时候这么希望一下吧。

载一九三五年六月三十日天津《益世报·益世小品》

买彩票

在我们那村里，抓会赌彩是自古有之。航空奖券，自然的，大受欢迎。头彩五十万，听听！二姐发起集股合作，首先拿出大洋二角。我自己先算了一卦，上吉，于是拿了四角。和二姐算计了好大半天，原来还短着九元四才够买一张的。我和她分头去宣传，五十万，五十万，五十个人分，每人还落一万，二角钱弄一万！举村若狂，连狗都听熟了"五十万"，凡是说"五十万"的，哪怕是生人，也立刻摇尾而不上前一口把腿咬住。闹了整一个星期；十元算是凑齐；我是最大的股员。三姥姥才拿了五分，和四姨、五姨共同凑了一股；她们还立了一本账簿。

上哪里去买呢？还得算卦。二姐不信任我的诸葛金钱课，花了五大枚请王瞎子占了个马前神课……利东北。城里有四家代售处；利成记在城之东北；决议，到利成记去买。可是，利成是四家买卖中最小的一号，只卖卷烟、煤油，万一把十元拐去，或是

第五章
人间烟火，最抚人心

卖假券呢！又送了王瞎子五大枚，重新另占。西北也行，他说；不但是行，他细掐过手指，还比东北好呢！西北是恒祥记，大买卖，二姐出阁时的缎子红被还是那儿买的呢。

谁去买？又是个问题。按说我是头号股员，我应当跑一趟。可是我是属牛的，今年是鸡年，总得找属鸡的，还得是男性，女性丧气。只有李家小三是鸡年生的，平日那些属鸡的好像都变了，找不着一个。小三自己去太不放心啊，于是决定另派二员金命的男人妥为保护。挑了吉日，三位进城买票。

票买来了，谁拿着呢？我们村里的合作事业有个特点，谁也不信任谁。经过三天三夜的讨论，还是交给了三姥姥，年高虽不见得必有德，可是到底手脚不利落，不至私自逃跑。

直到开彩那天，大家谁也没睡好觉。以我自己说，得了头彩——还能不是我们得吗？！——就分两万，这两万怎么花？买处小房，好，房的地点、样式，怎么布置，想了半夜。不，不买房子，还是作买卖好，于是铺子的地点、形式、种类，怎么赚钱，赚了钱以后怎样发展，又是半夜。天上的星星，河边的水泡，都看着像洋钱。清晨的鸟鸣，夜半的虫声，都说着"五十万"。偶尔睡着，手按在胸上，梦见一堆现洋压在身上，连气也出不得！特意买了一副骨牌，为是随时打卦。打了坏卦，不算，另打；于是打的都是好卦，财是发准了。

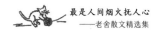

开奖了。报上登出前五彩,没有我们背熟了的那一号。房子、铺子……随着汗全走了。等六彩、七彩吧,头五奖没有,难道还不中个小六彩?又算了一卦,上吉;六彩是五百,弄几块作件夏布大衫也不坏。于是一边等着六彩、七彩的揭露,一边重读前五彩的号数,替得奖的人们想着怎么花用的方法,未免有些羡妒,所以想着想着便想到得奖人的乐极生悲,也许被钱烧死;自己没得也好;自然自己得奖也不见得就烧死。无论怎说,心中有点发堵。

六彩、七彩也登出来了,还是没咱们的事,这才想起对尾子,连尾子都和我们开玩笑,我们的是个"三",大奖的偏偏是个"二"。没办法!

二姐和我是发起人呀!三姥姥向我们俩要索她的五分。没法不赔她。赔了她,别人的二角也无意虚掷。二姐这两天生病,她就是有这个本事,心里一想就会生病。剩下我自己打发大家的二角。打发完了,二姐的病也好了,我呢,昨天夜里睡得很清甜。

载一九三三年九月一日《论语》第二十四期

抬头见喜

对于时节,我向来不特别的注意。拿清明说吧,上坟烧纸不必非我去不可,又搭着不常住在家乡,所以每逢看见柳枝发青便晓得快到了清明,或者是已经过去。对重阳也是这样,生平没在九月九登过高,于是重阳和清明一样的没有多大作用。

端阳,中秋,新年,三个大节可不能这么马虎过去。即使我故意躲着它们,账条是不会忘记了我的。也奇怪,一个无名之辈,到了三节会有许多人惦记着,不但来信,送账条,而且要找上门来!

设若故意躲着借款,着急,设计自杀等等,而专讲三节的热闹有趣那一面儿,我似乎是最喜爱中秋。"似乎",因为我实在不敢说准了。幼年时,中秋是个很可喜的节,要不然我怎么还记得清清楚楚那些"兔儿爷"的样子呢?有"兔儿爷"玩,这个节必是过得十二分有劲。可是从另一方面说,至少有三次喝醉是在中秋;酒入愁肠呀!所以说"似乎"最喜爱中秋。

事真凑巧,这三次"非杨贵妃式"的醉酒我还都记得很清楚。那么,就说上一说呀。第一次是在北平,我正住在翊教寺一家公寓里。好友卢嵩庵从柳泉居运来一坛子"竹叶青"。又约来两位朋友——内中有一位是不会喝的——大家就抄起茶碗来。坛子虽大,架不住茶碗一个劲进攻;月亮还没上来,坛子已空。干什么去呢?打牌玩吧。各拿出铜元百枚,约合大洋七角多,因这是古时候的事了。第一把牌将立起来,不晓得——至今还不晓得——我怎么上了床。牌必是没打成,因为我一睁眼已经红日东升了。

第二次是在天津,和朱荫棠在同福楼吃饭,各饮绿茵陈二两。吃完饭,到一家茶肆去品茗。我朝窗坐着,看见了一轮明月,我就吐了。这回决不是酒的作用,毛病是在月亮。

第三次是在伦敦。那里的秋月是什么样子,我说不上来——也许根本没有月亮其物。中国工人俱乐部里有多人凑热闹,我和沈刚伯也去喝酒。我们俩喝了两瓶葡萄酒。酒是用葡萄还是葡萄叶儿酿的,不可得而知,反正价钱很便宜;我们俩自古至今总没作过财主。喝完,各自回寓所。一上公众汽车,我的脚忽然长了眼睛,专找别人的脚尖去踩。这回可不是月亮的毛病。

对于中秋,大致如此——无论如何也不能说它坏。就此打住。

至若端阳,似乎可有可无。粽子,不爱吃。城隍爷现在也不出巡;即使再出巡,大概也没有跟随着走几里路的兴趣。樱桃真

第五章
人间烟火，最抚人心

是好东西，可惜被黑白桑葚给带累坏了。

新年最热闹，也最没劲，我对它老是冷淡的。自从一记事儿起，家中就似乎很穷。爆竹总是听别人放，我们自己是静寂无哗。记得最真的是家中一张《王羲之换鹅》图。每逢除夕，母亲必把它从个神秘的地方找出来，挂在堂屋里。姑母就给说那个故事；到如今还不十分明白这故事到底有什么意思，只觉得"王羲之"三个字倒很响亮好听。后来入学，读了《兰亭序》，我告诉先生，王羲之是在我的家里。

长大了些，记得有一年的除夕，大概是光绪三十年前的一二年，母亲在院中接神，雪已下了一尺多厚。高香烧起，雪片由漆黑的空中落下，落到火光的圈里，非常的白，紧接着飞到火苗的附近，舞出些金光，即行消灭；先下来的灭了，上面又紧跟着下来许多，像一把"太平花"倒放。我还记着这个。我也的确感觉到，那年的神仙一定是真由天上回到世间。

中学的时期是最忧郁的，四五个新年中只记得一个，最凄凉的一个。那是头一次改用阳历，旧历的除夕必须回学校去，不准请假。姑母刚死两个多月，她和我们同住了三十年的样子。她有时候很厉害，但大体上说，她很爱我。哥哥当差，不能回来。家中只剩母亲一人。我在四点多钟回到家中，母亲并没有把"王羲之"找出来。吃过晚饭，我不能不告诉母亲了——我还得回校。

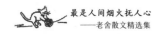

她愣了半天,没说什么。我慢慢的走出去,她跟着走到街门。摸着袋中的几个铜子,我不知道走了多少时候,才走到学校。路上必是很热闹,可是我并没看见,我似乎失了感觉。到了学校,学监先生正在学监室门口站着。他先问我:"回来了?"我行了个礼。他点了点头,笑着叫了我一声:"你还回去吧。"这一笑,永远印在我心中。假如我将来死后能入天堂,我必把这一笑带给上帝去看。

我好像没走就又到了家,母亲正对着一枝红烛坐着呢。她的泪不轻易落,她又慈善又刚强。见我回来了,她脸上有了笑容,拿出一个细草纸包儿来:"给你买的杂拌儿,刚才一忙,也忘了给你。"母子好像有千言万语,只是没精神说。早早的就睡了。母亲也没精神。

中学毕业以后,新年,除了为还债着急,似乎已和我不发生关系。我在哪里,除夕便由我照管着哪里。别人都回家去过年,我老是早早关上门,在床上听着爆竹响。平日我也好吃个嘴儿,到了新年反倒想不起弄点什么吃,连酒也不喝。在爆竹稍静了些的时节,我老看见些过去的苦境。可是我既不落泪,也不狂歌,我只静静的躺着。躺着躺着,多咱烛光在壁上幻出一个"抬头见喜",那就快睡去了。

载一九三四年一月《良友》(画报)第四卷第八期

我的理想家庭

一个二十多岁的小伙子,讲恋爱,讲革命,讲志愿,似乎天地之间,唯我独尊,简直想不到组织家庭——结婚既是爱的坟墓,家庭根本上是英雄好汉的累赘。及至过了三十,革命成功与否,事情好歹不论,反正领略够了人情世故,壮气就差点事儿了。虽然明知家庭之累,等于投胎为马为牛,可是人生总不过如此,多少也都得经验一番,既不坚持独身,结婚倒也还容易。于是发帖子请客,笑着开驶倒车,苦乐容或相抵,反正至少凑个热闹。到了四十,儿女已有二三,贫也好富也好,自己认头苦曳,对于年轻的朋友已经有好些个事儿说不到一处,而劝告他们老老实实的结婚,好早生儿养女,即是话不投缘的一例。到了这个年纪,设若还有理想,必是理想的家庭。倒退二十年,连这么一想也觉泄气。人生的矛盾可笑即在于此,年轻力壮,力求事事出轨,决不甘为火车;及至中年,心理的,生理的,种种理的什么

什么,都使他不但非作火车不可,且作货车焉。把当初与现在一比较,判若两人,足够自己笑半天的!或有例外,实不多见。

明年我就四十了,已具说理想家庭的资格:大不必吹,盖亦自嘲。

我的理想家庭要有七间小平房:一间是客厅,古玩字画全非必要,只要几张很舒服宽松的椅子,一二小桌。一间书房,书籍不少,不管什么头版与古本,而都是我所爱读的。一张书桌,桌面是中国漆的,放上热茶杯不至烫成个圆白印儿。文具不讲究,可是都很好用。桌上老有一两枝鲜花,插在小瓶里。两间卧室,我独据一间,没有臭虫,而有一张极大极软的床。在这个床上,横睡直睡都可以,不论怎睡都一躺下就舒服合适,好像陷在棉花堆里,一点也不硬碰骨头。还有一间,是预备给客人住的。此外是一间厨房,一个厕所,没有下房,因为根本不预备用仆人。家中不要电话,不要播音机,不要留声机,不要麻将牌,不要风扇,不要保险柜。缺乏的东西本来很多,不过这几项是故意不要的,有人白送给我也不要。

院子必须很大。靠墙有几株小果木树。除了一块长方的土地,平坦无草,足够打开太极拳的,其他的地方就都种着花草——没有一种珍贵费事的,只求昌茂多花。屋中至少有一只花猫,院中至少也有一两盆金鱼;小树上悬着小笼,二三绿蝈蝈随

第五章
人间烟火，最抚人心

意地鸣着。

这就该说到人了。屋子不多，又不要仆人，人口自然不能很多：一妻和一儿一女就正合适。先生管擦地板与玻璃，打扫院子，收拾花木，给鱼换水，给蝈蝈一两块绿黄瓜或几个毛豆；并管上街送信买书等事宜。太太管做饭，女儿任助手——顶好是十二三岁，不准小也不准大，老是十二三岁。儿子顶好是三岁，既会讲话，又胖胖的会淘气。母女于做饭之外，就做点针线，看小弟弟。大件衣服拿到外边去洗，小件的随时自己涮一涮。

既然有这么多工作，自然就没有多少工夫去听戏看电影。不过在过生日的时候，全家就出去玩半天；接一位亲或友的老太太给看家。过生日什么的永远不请客受礼，亲友家送来的红白帖子，就一概扔在字纸篓里，除非那真需要帮助的，才送一些干礼去。到过节过年的时候，吃食从丰，而且可以买一通纸牌，大家打打"索儿胡"，赌铁蚕豆或花生米。

男的没有固定的职业；只是每天写点诗或小说，每千字卖上四五十元钱。女的也没事做，除了家务就读些书。儿女永不上学，由父母教给画图，唱歌，跳舞——乱蹦也算一种舞法——和文字，手工之类。等到他们长大，或者也会仗着绘画或写文章卖一点钱吃饭；不过这是后话，顶好暂且不提。

这一家子人，因为吃得简单干净，而一天到晚又不闲着，

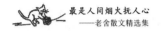

所以身体都很不坏。因为身体好,所以没有肝火,大家都不爱闹脾气。除了为小猫上房,金鱼甩子等事着急之外,谁也不急叱白脸的。

大家的相貌也都很体面,不令人望而生厌。衣服可并不讲究,都做得很结实朴素:永远不穿又臭又硬的皮鞋。男的很体面,可不露电影明星气;女的很健美,可不红唇卷毛的鼻子朝着天。孩子们都不卷着舌头说话,淘气而不讨厌。

这个家庭顶好是在北平,其次是成都或青岛,至坏也得在苏州。无论怎样吧,反正必须在中国,因为中国是顶文明顶平安的国家;理想的家庭必在理想的国内也。

载一九三六年十一月十六日《论语》第一百期

有了小孩以后

艺术家应以艺术为妻,实际上就是当一辈子光棍儿。在下闲暇无事,往往写些小说,虽一回还没自居过文艺家,却也感觉到家庭的累赘。每逢困于油盐酱醋的灾难中,就想到独人一身,自己吃饱便天下太平,岂不妙哉。

家庭之累,大半由儿女造成。先不用提教养的花费,只就淘气哭闹而言,已足使人心慌意乱。小女三岁,专会等我不在屋中,在我的稿子上画圈拉杠,且美其名曰"小济会写字"!把人要气没了脉,她到底还是有理!再不然,我刚想起一句好的,在脑中盘旋,自信足以愧死莎士比亚,假若能写出来的话。当是时也,小济拉拉我的肘,低声说:"上公园看猴?"于是我至今还未成莎士比亚。小儿一岁整,还不会"写字",也不晓得去看猴,但善亲亲,闭眼,张口展览上下四个小牙。我若没事,请求他闭眼,露牙,小胖子总会东指西指的打岔。赶到我拿起笔来,

他那一套全来了,不但亲脸,闭眼,还"指"令我也得表演这几招。有什么办法呢?!

这还算好的。赶到小济午后不睡,按着也不睡,那才难办。到这么四点来钟吧,她的困闹开始,到五点钟我已没有人味。什么也不对,连公园的猴都变成了臭的,而且猴之所以臭,也应当由我负责。小胖子也有这种困而不睡的时候,大概多数是与小济同时发难。两位小醉鬼一齐找毛病,我就是诸葛亮恐怕也得唱空城计,一点办法没有!在这种干等束手被擒的时候,偏偏会来一两封快信——催稿子!我也只好闹脾气了。不大一会儿,把太太也闹急了,一家大小四口,都成了醉鬼,其热闹至为惊人。大人声言离婚,小孩怎说怎不是,于离婚的争辩中瞎打混。一直到七点后,二位小天使已困得动不的,离婚的宣言才无形的撤销。这还算好的。遇上小胖子出牙,那才真教厉害,不但白天没有情理,夜里还得上夜班。一会儿一醒,若被针扎了似的惊啼,他出牙,谁也不用打算睡。他的牙出利落了,大家全成了红眼虎。

不过,这一点也不妨碍家庭中爱的发展,人生的巧妙似乎就在这里。记得Frank Harris仿佛有过这么点记载:他说王尔德为那件不名誉的案子过堂被审,一开头他侃侃而谈,语多幽默。及至原告提出几个男妓作证人,王尔德没了脉,非失败不可了。Harris以为王尔德必会说:"我是个戏剧家,为观察人生,什么

第五章
人间烟火，最抚人心

样的人都当交往。假若我不和这些人接触，我从哪里去找戏剧中的人物呢？"可是，王尔德竟自没这么答辩，官司就算输了！

把王尔德且放在一边；艺术家得多去经验，Harris的意见，假若不是特为王尔德而发的，的确是不错。连家庭之累也是如此。还拿小孩们说吧——这才来到正题——爱他们吧，嫌他们吧，无论怎说，也是极可宝贵的经验。

在没有小孩的时候，一个人的世界还是未曾发现美洲的时候的。小孩是科仑布，把人带到新大陆去。这个新大陆并不很远，就在熟习的街道上和家里。你看，街市上给我预备的，在没有小孩的时候，似乎只有理发馆，饭铺，书店，邮政局等。我想不出婴儿医院，糖食店，玩具铺等等的意义。连药房里的许许多多婴儿用的药和粉，报纸上婴儿自己药片的广告，百货店里的小袜子小鞋，都显着多此一举，劳而无功。及至小天使自天飞降，我的眼睛似乎戴上了一双放大镜，街市依然那样，跟我有关系的东西可是不知增加了多少倍！婴儿医院不但挂着牌子，敢情里边还有医生呢。不但有医生，还是挺神气，一点也得罪不得。拿着医生所给的神符，到药房去，敢情那些小瓶子小罐都有作用。不但要买瓶子里的白汁黄面和各色的药饼，还得买瓶子罐子，轧粉的钵，量奶的漏斗，乳头，卫生尿布，玩意多多了！百货店里那些小衣帽，小家具，也都有了意义；原先以为多此一举的东西，如

今都成了非它不行；有时候铺中缺乏了我所要的那一件小物品，我还大有看不起他们的意思：既是百货店，怎能不预备这件东西呢？！慢慢的，全街上的铺子，除了金店与古玩铺，都有了我的足迹；连当铺也走得怪熟。铺中人也渐渐熟识了，甚至可以随便闲谈，以小孩为中心，谈得颇有味儿。伙计们，掌柜们，原来不仅是站柜作买卖，家中还有小孩呢！有的铺子，竟自敢允许我欠账，仿佛一有了小孩，我的人格也好了些，能被人信任。三节的账条来得很踊跃，使我明白了过节过年的时候怎样出汗。

小孩使世界扩大，使隐藏着的东西都显露出来。非有小孩不能明白这个。看着别人家的孩子，肥肥胖胖，整整齐齐，你总觉得小孩们理应如此，一生下来就戴着小帽，穿着小袄，好像小雏鸡生下来就披着一身黄绒似的。赶到自己有了小孩，才能晓得事情并不这么简单。一个小娃娃身上穿戴着全世界的工商业所能供给的，给全家人以一切啼笑爱怨的经验，小孩的确是位小活神仙！

有了小活神仙，家里才会热闹。窗台上，我一向认为是摆花的地方。夏天呢，开着窗，风儿轻轻吹动花与叶，屋中一阵阵的清香。冬天呢，阳光射到花上，使全屋中有些颜色与生气。后来，有了小孩，那些花盆很神秘的都不见了，窗台上满是瓶子罐子，数不清有多少。尿布有时候上了写字台，奶瓶倒在书架上。

第五章
人间烟火，最抚人心

大扫除才有了意义，是的，到时候非痛痛快快的收拾一顿不可了，要不然东西就有把人埋起来的危险。上次大扫除的时候，我由床底下找到了但丁的《神曲》。不知道这老家伙干吗在那里藏着玩呢！

　　人的数目也增多了，而且有很多问题。在没有小孩的时候，用一个仆人就够了，现在至少得用俩。以前，仆人"拿糖"，满可以暂时不用；没人做饭，就外边去吃，谁也不用拿捏谁。有了小孩，这点豪气乘早收起去。三天没人洗尿布，屋里就不要再进来人。牛奶等项是非有人管理不可，有儿方知卫生难，奶瓶子一天就得烫五六次；没仆人简直不行！有仆人就得捣乱，没办法！

　　好多没办法的事都得马上有办法，小孩子不会等着"国联"慢慢解决儿童问题。这就长了经验。半夜里去买药，药铺的门上原来有个小口，可以交钱拿药，早先我就不晓得这一招。西药房里敢情也打价钱，不等他开口，我就提出："还是四毛五？"这个"还是"使我省五分钱，而且落个行家。这又是一招。找老妈子有作坊，当票儿到期还可以入利延期，也都被我学会。没功夫细想，大概自从有了儿女以后，我所得的经验至少比一张大学文凭所能给我的多着许多。大学文凭是由课本里掏出来的，现在我却念着一本活书，没有头儿。

　　连我自己的身体现在都会变形，经小孩们的指挥，我得去

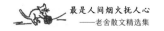

装马装牛，还须装得像个样儿。不但装牛像牛，我也学会牛的忍性，小胖子觉得"开步走"有意思，我就得百走不厌；只作一回，绝对不行。多咱他改了主意，多咱我才能"立正"。在这里，我体验出母性的伟大，觉得打老婆的人们满该下狱。

中秋节前来了个老道，不要米，不要钱，只问有小孩没有？看见了小胖子，老道高了兴，说十四那天早晨须给小胖子左腕上系一根红线。备清水一碗，烧高香三炷，必能消灾除难。右邻家的老太太也出来看，老道问她有小孩没有，她惨淡的摇了摇头。到了十四那天，倒是这位老太太的提醒，小胖子的左腕上才拴了一圈红线。小孩子征服了老道与邻家老太太。一看胖手腕的红线，我觉得比写完一本伟大的作品还骄傲，于是上街买了两尊兔子王，感到老道，红线，兔子王，都有绝大的意义！

载一九三六年十一月二十五日《谈风》第三期